KB039899

중학교 국어 교과서 수록 수필 작품선

국어 교과서 여행

나,
그리고 우리

＊일러두기

본문의 수필은 출처에 있는 원작을 기준으로 합니다.

국어 교과서 여행

나,
그리고 우리

좋은책선정위원회 엮음

스푼북

차례

나와 너

우리

나와 너

글쓴이의 삶이 묻어나는 글들로 이루어져 있습니다.
나와 친구, 가족 등의 이야기를 통해 자신의 삶을 생각
하는 시간을 가져 보도록 해요.

〈관계의 심리학〉

관계는 첫인상부터 시작된다

이철우

우리의 모든 관계는 만남에서 시작된다. 만남 없는 관계란 있을 수 없고, 설사 있더라도 극히 드물다. 만남은 직접 얼굴을 마주한 대면적인 만남이 주류이지만 전화나 메일을 통한 만남도 얼마든지 있을 수 있다.

이러한 만남 가운데에서 가장 중요한 것은 역시 첫 만남일 것이다. 첫 만남이 중요한 이유는 사람들이 보통 첫 만남에서 형성된 인상을 좀체 바꾸려 들지 않기 때문이다.

사람들이 첫인상을 형성할 때에 사용할 수 있는 정보는 대단히 제한적이다. 쓸 수 있는 정보라고는 기껏해야 상대방의 외모, 목소리 정도에 지나지 않는다. 이럼에도 사람들은 첫인상을 형성하는 데에 별 무리가 없다.

무리가 없는 정도가 아니라 사람들은 첫인상으로 상대방의 모든 것을 판단하려 든다. 얼굴 모습과 체격, 그리고 신장 등의 겉모습과 제스처, 말투라는 극히 제한된 정보로 그 사람의 성격까지도 판단해 버린다.

뚱뚱한 사람을 보면 낙천적이고 성격이 좋을 것이라고 생각하는 사람도 있다. 반면, 먹는 것 하나 못 참는 절제 없는 사람으로 여겨 버리는 사람도 있다. 마찬가지로 마른 사람을 보곤 지적이고 샤프하다고 생각하는 사람도 있다. 또 얼마나 성질이 못됐으면 저 나이에 살도 제대로 찌지 못했냐면서 속 좁은 사람으로 쳐 버리는 사람도 있다. 이처럼 사람들이란 자기의 경험과 지식을 잣대로 제멋대로 다른 사람의 첫인상을 결정해 버리고 마는 것이다.

더욱이 한번 형성된 첫인상은 잘 바뀌지를 않고 계속 꼬리를 끌어간다는 것이 더 큰 문제다. 첫인상은 왜 바뀌기 어려운 것일까? 극히 제한된 정보에 바탕을 두고 형성된 첫인상을 사람들은 왜 바꾸려 들지 않을까? 여기에는 여러 가지 이유가 있을 수 있겠지만 첫인상이 바뀌지 않는 가장 중요한 이유는 우리들 마음속에 있는 가설 검증 바이어스란 편견 때문이다.

사람이란 누군가의 첫인상을 형성하고 난 다음에는 자신이 내린 판단이 옳다는 것을 증명하는 정보만을 선택적으로 받아들인다. 자신이 내린 판단에 들어맞지 않는 정보는 무시하거나 받아들이더라도 쉽게 잊어버린다.

뚱뚱한 사람은 절제 없는 사람이라고 생각하고 있는 사람을 생각해 보자. 이 사람은 뚱뚱한 사람들의 행동 가운데에서 자기의 생각에 부합하는 것만 기억하고 나머지는 아예 무시해 버린다. 이러한 과정을 거듭해 가면서 자기의 생각이 옳다고 제멋대로 확신해 버린다. 이러한 현상을 사회 심리학에서는 가설 검증 바이어스라고 부른다.

가설 검증 바이어스를 입증한 연구에는 여러 가지가 있다. 그 가운데에서 스나이더(Snyder, M.)와 스완(Swan, W.B.)이라는 사회 심리학자의 실험이 대표적이라 할 수 있다. 그들은 실험에서 실험 대상자인 대학생들에게 외향적(혹은 내향적)인 사람들의 특징을 적은 카드를 주고, "지금부터 당신이 만나게 될 사람이 이 카드에 적힌 타입의 사람인지 판단해 주세요."라고 부탁을 했다.

그러고 나서 대학생들에게 "만일 당신이 파티의 분위기를 띄워야 한다면 어떻게 할까요?(상대방이 외향적이라는 증거가 될 수 있는 질문)", "시끌벅적한 파티의 어떤 점이 마음에 들지 않으세요?(상대방이 내향적이라는 증거가 될 수 있는 질문)"과 같이 적혀 있는 26가지 질문 항목을 보여 주고, 이 질문 가운데에서 앞으로 만나게 될 사람들을 판단하는 데에 도움이 될 것 같은 질문 12개를 선택하도록 했다.

간단히 말하면 "지금 당신이 만나게 될 사람은 내향적인 사람입니다. 그 사람이 내향적이라고 판단할 수 있는 항목 12개를 26가지 질문 항목 가운데에서 골라 주세요."라는 식이 되겠다.

이렇게 지시를 받은 대학생이 취할 수 있는 전략에는 세 가지가 있을 수 있다. 우선 최초의 가설, 다시 말하면 처음 받은 카드에 적혀 있는 내용(외향적인가 내향적인가)이 옳다는 것을 증명할 수 있는 질문을 선택하는 것이 있다. 두 번째로는 카드에 적혀 있는 내용을 부정할 수 있는 질문을 택하는 방법이 있다. 마지막으로는 양쪽을 골고루 섞어 선택하는 방법이 있겠다. 여러분이 실험에 참가한 대학생의 입장이라면 어떠한 전략을 택하고 있었을까?

실험의 결과를 보면 실험 참가 대학생들은 처음의 내용을 부정하는 질문보다는 주어진 가설을 증명하는 질문을 선택하고 있었다. 가설 검증 바이어스의 존재가 입증된 것이다. 이처럼 우리들은 자신의 판단이 옳은가의 여부를 판단할 경우에 우선은 자신의 판단이 옳다고 미리 생각해 버린다. 그리고 그것을 증명해 줄 수 있는 정보만을 취사선택해 가는 것이다. 이러한 경향은 특수한 몇몇 사람에게만 있는 것이 아니라 거의 모든 사람에게서 확인된다.

이러한 가설 검증 바이어스는 첫인상뿐만 아니라 우리의 생활 전반에 영향을 미치고 있다. 혈액형에 따라 성격에 차이가 있다는 혈액형 성격학이 들어맞는 듯이 여겨지는 주된 이유 역시 가설 검증 바이어스 때문이다. 혈액형에 부합한다고 여겨지는 성격이나 행동만 의도적으로 수집되고, 또 그것들이 축적된 결과 혈액형이 성격과 관련이 있다고 믿게 된다. 가령 A형의 경우 내성적이고 소심하다는 것을 입증시켜 줄 수 있는 정보만을 받아들인다. A형의 사람이 대범하게 행동하는 것을 보더라도 대수롭지 않게 받아들인다. 그리고 그것은 기억에서 사라진다. 기억에 남는 것은 내성적이고 소심한 행동뿐이다 보니 혈액형 성격학이 맞는 것처럼 여겨지는 것이다.

미국의 한 심리학자는 사람의 성격 특성을 나타내는 555개의 단어를 정리한 적이 있다. 555라는 숫자가 말해 주듯이 사람의 성격에는 다양한 측면이 있다. 게다가 사람의 성격이란 때와 경우에 따라 서로 다른 모습으로 나타날 때가 많다. 직장에서는 자상한 모습으로 일관하는 사람이 집에서는 엄하디엄한 아버지로 군림하는 것은 드문 일이 아니다. 또한 사람이 많을 경우에는 수줍어 말도 잘 못하던 친구가 친한 친구끼리만 모였을 때는 전혀 다른 대범함을 보여 주는 경우도 드물지 않다. 사람의 성격에는 여러 가지 측면이 있을 수 있다는 이야기이다.

선입관에 의해 형성된 첫인상이 위험한 이유가 여기에 있다. 여러 가지 측면이 있을 수 있는 상대의 성격을 극히 제한된 정보를 자기의 잣대로 재단하여 자기 마음대로 형성한 것이 첫인상이기 때문이다. 이 모두가 가설 검증 바이어스 때문임은 두말할 필요가 없겠다. 결국 우리가 가설 검증 바이어스에 사로잡혀 있는 한, 우리 모두는 첫인상에 쓸데없는 신경을 쓸 수밖에 없다는 이야기가 된다.

작가 소개

이철우

서울대학교 외교학과를 졸업하고 도쿄대학교 사회 심리학 석·박사 학위를 받은 사회 심리학 박사입니다. 또한 광고·디자인 전문지의 편집장, 한국방송광고공사 광고 연구소의 연구 위원 활동으로 다져진 사회 심리학의 이론과 통계를 바탕으로, 인간의 마음을 읽는 기술에 대한 연구 조사와 저술 활동을 해 왔습니다. 지은 책으로는 《심리학이 연애를 말하다》《나를 위한 심리학》《세상을 움직이는 착각의 법칙》《관계의 심리학》 등이 있습니다.

〈단 하나뿐인 당신에게〉

'너는……' 대신에 '나는……'으로 말 트기

정채봉

화가 울컥 치밀어 오를 때,
더욱이 말을 할 때
여간 주의하지 않으면 안 됩니다.
이럴 때는 '너는…'이라는 말 대신에
'나는…'이라고 말해 보셔요.
그러니까 상대방을 탓하는 대신
당신 자신이 느끼고 있는 것을,
그리고 왜 그렇게 느끼는지를
말하는 겁니다.
비난받으면 누구라도 화가 나고,
설령 자신이 잘못했다고 치더라도

자신을 비난하는 상대방이 싫어지는 게
대부분의 경우랍니다.
당신도 아마 누군가에게 '너 때문이야'라는
말을 들으면, '기분'이 나빠질걸요?

작가 소개

정채봉

1946년 전남 승주의 작은 바닷가 마을에서 태어났습니다. 수평선 위를 나는 새, 바다, 학교, 나무, 꽃 등 작품에 자주 등장하는 배경이 바로 그의 고향이에요. 동국대학교 국어국문학과를 졸업했으며 1973년 동아일보 신춘문예 동화 부문에 〈꽃다발〉로 당선의 영예를 인고 등단했습니다. 대한민국문학상(1983), 새싹문화상(1986), 한국불교아동문학상(1989), 세종아동문학상(1990), 동국문학상(1991), 소천아동문학상(2000)을 받았습니다. 또한 월간 〈샘터〉 편집부 기자·기획실장·편집부장·출판부장·주간·편집이사, 초등학교 교과서 집필 위원, 공연윤리위원회 심의 위원, 계간 〈문학아카데미〉 편집 위원, 동국대학교 국어국문학과 겸임 교수 등을 지냈습니다.

한국의 성인 동화 장르를 개척한 작가로, 1983년 동화 〈물에서 나온 새〉를 발표한 이래, 11권의 동화와 7권의 생각하는 동화, 11권의 에세이집과 시집을 발표하였습니다. 1998년 간암이 발병한 뒤에도 창작 활동을 계속하다, 2001년 1월 9일 세상을 떠났습니다. 지은 책으로는 동화 《돌 구름 솔 바람》《입속에서 나온 동백꽃 세 송이》《눈동자 속으로 흐르는 강물》《푸른 수평선은 왜 멀어지는가》《초승달과 밤배》《느낌표를 찾아서》 등이 있으며, 〈지혜의 작은 방〉 시리즈 3권, 《모래알 한가운데》《그대 뒷모습》 등의 에세이집과 시집 《너를 생각하는 것이 나의 일생이었지》 등이 있습니다.

〈살아온 기적, 살아갈 기적〉

괜찮아

장영희

초등학교 때 우리 집은 서울 동대문구 제기동에 있는 작은 한옥이었다. 골목 안에는 고만고만한 한옥 여섯 채가 서로 마주 보고 있었다. 그때만 해도 한 집에 아이가 보통 네댓은 됐으므로 골목길 안에만도 초등학교 다니는 아이가 줄잡아 열 명이 넘었다. 학교가 파할 때쯤 되면 골목은 시끌벅적, 아이들의 놀이터가 되었다.

어머니는 내가 집에서 책만 읽는 것을 싫어하셨다. 그래서 방과 후 골목길에 아이들이 모일 때쯤이면 대문 앞 계단에 작은 방석을 깔고 나를 거기에 앉히셨다. 아이들이 노는 걸 구경이라도 하라는 뜻이었다.

딱히 놀이 기구가 없던 그때, 친구들은 대부분 술래잡기, 사방치기, 공기놀이, 고무줄놀이 등을 하고 놀았지만 나는 공기놀이 외에는 그 어떤 놀이에도 참여할 수 없었다. 하지만 골목 안 친구들은 나를 위해 꼭 무언가 역할을 만들어 주었다. 고무줄놀이나 달리기를 하면 내게 심판을 시키거나 신발주머니와 책가방을 맡겼다. 그뿐인가. 술래잡기를 할 때는 한곳에 앉아 있어야 하는 내가 답답해할까 봐 어디에 숨을지 미리 말해 주고 숨는 친구도 있었다.

우리 집은 골목에서 중앙이 아니라 모퉁이 쪽이었는데 내가 앉아 있는 계단 앞이 늘 친구들의 놀이 무대였다. 놀이에 참여하지 못해도 난 전혀 소외감이나 박탈감을 느끼지 않았다. 아니, 지금 생각하면 내가 소외감을 느낄까 봐 친구들이 배려해 준 것이었다.

그 골목길에서의 일이다. 초등학교 1학년 때였던 것 같다. 하루는 우리 반이 좀 일찍 끝나서 나 혼자 집 앞에 앉아 있었다. 그런데 그때 마침 골목을 지나던 깨엿 장수가 있었다. 그 아저씨는 가위를 쩔렁이며, 목발을 옆에 두고 대문 앞에 앉아 있는 나를 흘낏 보고는 그냥 지나쳐 갔다. 그러더니 리어카를 두고 다시 돌아와 내게 깨엿 두 개를 내밀었다. 순간 아저씨와 내 눈이 마주쳤다. 아저씨는 아무 말도 하지 않고 아주 잠깐 미소를 지어 보이며 말했다.

"괜찮아."

무엇이 괜찮다는 건지 몰랐다. 돈 없이 깨엿을 공짜로 받아도 괜찮다는 것인지, 아니면 목발을 짚고 살아도 괜찮다는 말인지……. 하지만 그건 중요하지 않다. 중요한 것은 내가 그날 마음을 정했다는 것이다. 이 세상은 그런대로 살 만한 곳이라고, 좋은 친구들이 있고 선의와 사랑이 있고, '괜찮아'라는 말처럼 용서와 너그러움이 있는 곳이라고 믿기 시작했다는 것이다.

오래전 학교 친구를 찾아 주는 방송 프로그램이 있다. 한번은 가수 김현철이 나와서 초등학교 때 친구를 찾았는데, 함께 축구하던 이야기가 나왔다. 당시 허리가 36인치일 정도로 뚱뚱한 친구가 있었는데, 뚱뚱해서 잘 뛰지 못한다고 다른 친구들이 축구팀에 끼워 주려고 하지 않았다. 그때 김현철이 나서서 말했다고 한다.

"괜찮아. 얜 골키퍼를 시키면 우리 함께 놀 수 있잖아!"

그래서 그 친구는 골키퍼를 맡아 함께 축구를 했고, 몇십 년이 지난 후에도 김현철의 따뜻한 말과 마음을 그대로 기억하고 있었다.

괜찮아-난 지금도 이 말을 들으면 괜히 가슴이 찡해진다. 2002년 월드컵 4강에서 독일에게 졌을 때 관중들은 선수들을 향해 외쳤다.

"괜찮아! 괜찮아!"

혼자 남아 문제를 풀다가 결국 골든벨을 울리지 못해도 친구들이 얼싸안고 말해 준다.

"괜찮아! 괜찮아!"

'그만하면 참 잘했다'라고 용기를 북돋아 주는 말, '너라면 뭐든지 다 눈감아 주겠다'라는 용서의 말, '무슨 일이 있어도 나는 네 편이니 넌 절대 외롭지 않다'라는 격려의 말, '지금은 아파도 슬퍼하지 마라'라는 나눔의 말, 그리고 마음으로 일으켜 주는 부축의 말, 괜찮아.

그래서 세상 사는 것이 만만치 않다고 느낄 때, 죽을 듯이 노력

해도 내 맘대로 일이 풀리지 않는다고 생각될 때, 나는 내 마음속에서 작은 속삭임을 듣는다. 오래전 내 따뜻한 추억 속 골목길 안에서 들은 말–'괜찮아! 조금만 참아, 이제 다 괜찮아질 거야.'

아, 그래서 '괜찮아'는 이제 다시 시작할 수 있다는 희망의 말이다.

작가 소개

장영희

1952년 영문학자 장왕록의 딸로 태어났습니다. 생후 1년 만에 소아마비를 앓아 두 다리를 쓰지 못하는 1급 장애인이 되었으나, 장애를 딛고 서울대학교 사범대학 부설고등학교를 거쳐 서강대학교 영문학과를 졸업하였습니다. 그 뒤 1977년 동 대학원에서 영문학을 전공하여 석사 학위를 취득하였으며, 이듬해 미국에 유학하여 1985년 뉴욕주립대 대학원에서 박사 학위를 취득하였습니다. 1985년부터 모교인 서강대학교 영어영문학과 교수로 재직하였으며, 영미문학자이자 번역가, 수필가 등으로 왕성히 활동하였습니다. 2001년 유방암, 2004년 척추암을 이겨 낸 뒤 다시 강단에 섰다가 2008년 간암으로 전이되어 투병하였으나, 2009년 5월 9일 세상을 떠났습니다. 목발에 의지하지 않으면 한 걸음도 옮길 수 없는 장애와 여러 차례의 암 투병 속에서도 고난에 굴복하지 않고 수필과 일간지의 칼럼 등을 통하여 따뜻한 글로 희망을 전하였습니다. 지은 책으로는《내 생애 단 한번》《문학의 숲을 거닐다》《축복》 등이 있고, 번역한 책으로는《살아 있는 갈대》《슬픈 카페의 노래》《이름 없는 너에게》 등이 있습니다.

〈삶의 묘약〉

사막을 같이 가는 벗

양귀자

학창 시절에는 유별나게도 학년이 바뀌고 반이 바뀌어 친구들과 뿔뿔이 흩어져야 하는 신학기가 싫었다. 마음으로 간절히 원했던 친구는 거의 언제나 다른 반으로 가 버렸고, 한 반이 되지 않기를 빌고 빌었던 친구는 어김없이 한 반으로 편성되곤 하는 불행 아닌 불행 앞에서 얼마나 많이 속상해했었는지 모른다.

그래서 학년이 바뀌고 처음 얼마 동안은 늘 마음을 잡지 못했었다. 아침에 눈을 떠 학교에 갈 일을 생각하면 가슴 한편이 써늘해지곤 하던 그 느낌을 지금도 나는 선연히 떠올릴 수가 있다.

특히 운동장 조회나 체육 시간 같은 때 친한 친구도 없이 외따로 떨어져 그 지겨운 시간을 견딜 생각을 하면 어디론가 도망가고 싶을 지경이었다.

게다가 점심시간은 또 얼마나 무렴(無廉)*한지, 친하지도 않은 짝과 김치 국물 흐른 도시락을 꺼내 놓고 밥알 씹는 소리까지 서로 환히 들어 가며 밥 먹을 생각을 하면 입맛도 달아나 버렸다.

그런데 다른 아이들은 그렇지 않은 것 같았다. 가만히 살펴보면 어느새 하나둘씩 친한 친구를 만들어 저희들끼리 밥도 먹고 조회 시간에도 나란히 서서 다정하게 속살거리는데, 그 속에서 혼자만 외톨이로 빙빙 돌고 있는 아이는 나 하나뿐인 것처럼 생각되곤 했다.

그 지독한 소외감은 물론 시간이 흐르면서 조금씩 나아지기는 했었다. 여름 방학을 할 때쯤이면 운동장 조회나 점심시간을 외롭게 하지 않을 단짝 한 명 정도는 발견하기 마련이니까 결국은 시간이 해결해 주기 마련이다.

그러나 역시 시간이 흐르면 신학기 또한 어김없이 다시 찾아오는 것이었다. 그러면 다시 이별과 탐색, 그리고 지독한 소외감에 시달리는 쓸쓸한 나날이 잊지도 않고 이어지는 것이었다.

이제는 반이 나뉘고 새로운 급우들한테서 실컷 낯설음을 맛봐야 하는 신학기 따위는 영영 내 곁에서 사라졌다. 그 대신 시기하고 미워하며, 또는 빼앗고 속이는 황폐한 세상살이에 낯가림하며 사는 나날 속으로 내던져지고 말았다.

망망대해를 헤매는 듯한 인생의 항해는 신학기 잠시의 외로움을 극복하는 일 따위와는 비교도 할 수 없을 만큼 두려움 가득하고 힘

*무렴하다: 염치가 없음을 느껴 마음이 부끄럽고 거북하다.

들다. 삶은 고난투성이고 끝없는 인내를 요구하기만 하는데, 그러나 홀로 헤치는 파도는 높고 거칠기만 한 것이다.

바로 이때에 영혼을 함께 나눌 친구가 절실히 필요해진다. 인생이란 험난한 항해를 같이 겪고 있다는 동지애의 확인, 혹은 내 삶의 따뜻한 동반자라는 느낌이 전해져 오는 친구와 같이 있는 시간에는 이 세상도 한번 살아 볼 만하다는 용기가 솟는다.

목소리만 듣고도 친구가 처해 있는 상황을 눈치채는 우정, 눈짓만 보아도 친구가 무얼 원하는지 알아채는 우정, 그런 돈독한 우정을 상호 간에 교환하고 있는 이들이라면, 그렇다면 적어도 실패한 삶은 아니라고 단정할 수 있는 것이다.

살아가면서 그런 우정을 가꾸는 이들을 종종 만난다. 비록 나의 친구는 아니지만 그 모습을 보는 일은 참 아름답다. 언젠가 친구가 사업에 실패해서 낙향하여 쓸쓸히 살아가는 것을 안쓰러워하다 못해 자기도 다니던 직장을 정리하고 가족과 함께 시골로 내려가 친구 옆에서 땅을 일구는 사람을 만난 적이 있었다.

이미 결혼하여 각각의 식솔을 이끌고 있는 두 사람한테는 참으로 어려운 결정이었겠지만, 그러나 그들은, 양쪽 집의 가족들 모두는, 한결같이 이렇게 말하는 것이었다. 냉혹한 이 세상에 대항하기 위해 두 집이 힘을 합쳤으니 얼마나 든든하냐고.

누군가 말했었다. 친구 없이 사는 일만큼 무서운 사막은 없다고. 또 누군가는 말했었다. 친구 없이 사는 것은 증인 없이 죽는 일이라고.

그 말들을 새기고 있으면 불현듯 마음이 찡해 온다. 나는 지금 무서운 사막을 홀로 걷고 있는 것은 아닌지, 지금 내 삶의 의미를 설명해 줄 단 한 사람의 증인도 없이 마음을 닫고 살아가는 것은 아닌지.

하지만 우정은 상호 간의 교류이다. 일방적인 행위가 결코 아닌 것이다. 말하자면 내가 먼저 쌓아야 할 탑이고 내가 밭을 경작해서 맺어야 할 열매인 것이다. 그럼에도 불구하고 탑을 제대로 쌓는 사람, 혹은 빛깔 곱고 아름다운 열매를 맺는 사람은 참 드물다. 친구는 많지만 진정으로 벗이라 부를 만한 이는 몇이나 되는지. 그것만이라도 한 번쯤 되새겨 보며 살아야 하는 것 아닐까.

작가 소개

양귀자

1955년 전북 전주에서 태어났습니다. 이광수의 《유정》을 읽고 문학적 충격을 받아 전주여자고등학교에 다니면서 백일장과 문예 현상 공모에 참가하였습니다. 본격적으로 소설을 습작하면서 원광대학교 문예 작품 현상 모집에 소설이 뽑혀 문예 장학생으로 국어국문학과에 입학하였습니다. 대학 시절 학보사에서 활동하다가 숙명여자대학교 주최 범대학문학상을 받으며 〈문학사상〉에 특별 게재되기도 하였으며, 대학 졸업 뒤 2년 동안 중·고등학교와 잡지사에서 근무하였습니다.

1978년에 《다시 시작하는 아침》으로 〈문학사상〉 신인상을 받으면서 문단에 등장했습니다. 그리고 《원미동 사람들》(1987)로 1980년대 단편 문학의 정수라는 평가를 받으며 주목받기 시작했습니다. 1986~1987년에 쓴 단편을 모은 《원미동 사람들》은 서민들의 애환을 따뜻한 시선으로 담담하게 그려 낸 작품으로 유주현문학상을 받았습니다.

그 밖의 작품으로 《바빌론 강가에서》 《귀머거리 새》 《천마총 가는 길》 《유황불》 등이 있습니다.

〈생명, 알면 사랑하게 되지요〉

생명의 그물을 함부로 끊지 말아요

최재천

1907년 미국 정부는 한 해 동안 늑대 1,800마리와 코요테 2만 3,000마리를 잡아 죽였어요. 그 동물들이 인간뿐만 아니라 다른 약한 야생 동물에게도 해를 끼치기 때문에 죽여도 괜찮다고 생각했어요. 늑대와 코요테뿐만이 아니에요. 퓨마와 곰처럼 날카로운 이빨과 발톱을 지닌 동물은 토끼나 사슴 같은 초식 동물에게 위협을 준다고 생각해 아무런 거리낌 없이 죽였어요. 다른 동물을 잡아먹고 사는 포식 동물은 없어져야 할 악당처럼 여겨졌어요.

그렇다면 약하고 순한 동물들에게 악당이 사라진 자연은 천국이었을까요? 카이밥 고원에서 있었던 일이 그에 대한 답이 될 것 같네요. 미국의 그랜드 캐니언 북쪽에 있는 카이밥 고원에는 1906년에 약 4,000마리의 검은꼬리사슴들이 살고 있었어요. 이곳에서도 악당을 없애는 작업이 시작되어 25년 동안 퓨마, 늑대, 코요테, 스라소니 등이 무려 6,000마리나 사라졌어요. 포식 동물이 확 줄어들자 1923년에는 검은꼬리사슴이 6~7만 마리까지 늘어났어요. 그런데 어찌 된 일인지 그 뒤로는 사슴의 수가 갈수록 줄어들었어요. 1931년에는 2만 마리로, 1939년에는 1만 마리로…….

사슴은 왜 갑자기 늘어났다가 갑자기 줄어들었을까요? 사슴이 갑자기 늘어난 이유는 쉽게 짐작할 수 있을 거예요. 사슴을 잡아먹는 포식 동물이 사라졌으니 자연스럽게 사슴의 수가 늘어난 겁니다. 그럼 사슴은 왜 계속 늘지 않고 줄어들기 시작했을까요? 사슴이 너무 많아지자 먹이가 부족해졌기 때문이에요. 먹이가 모자라니 굶어 죽는 사슴이 늘어날 밖에요. 굶주린 사슴들은 먹을 것을 찾다 찾다 식물의 어린싹까지 먹어 치웠어요. 식물이 제대로 자라지 못하면 먹을 것이 더 줄어들 텐데도 사슴들은 당장 주린 배를

채우는 게 급했어요.

인간은 늑대나 코요테 같은 악당이 없어지면 카이밥 고원이 평화로운 낙원이 될 거라고 생각했어요. 그런데 그 예측은 보기 좋게 빗나갔어요. 사나운 포식 동물이 사라진 카이밥 고원은 검은꼬리사슴들에게도 결코 살기 좋은 곳이 아니었어요. 늑대 같은 포식 동물이 있어서 검은꼬리사슴은 카이밥 고원에서 굶어 죽지 않고 살아갈 만큼 적당한 수를 유지할 수 있었어요. 그런데 포식 동물이 사라지자 저희끼리 먹이를 두고 경쟁이 심해졌어요. 인간은 먹고 먹히는 자연의 세계에 끼어들어 그 질서를 마음대로 바꾸어 보려 했지만 결국 성공하지 못했어요.

그 뒤 미국의 과학자들은 만일 바다에서 카이밥 고원과 비슷한 일이 벌어진다면 어떤 결과가 나올지 궁금했어요. 그래서 한 가지 실험을 해 보기로 했습니다. 과학자들은 먼저 바위가 있는 바닷가 물웅덩이에 야외 실험장을 차렸어요. 물웅덩이에는 불가사리와 따개비, 홍합, 삿갓조개, 달팽이 등과 갖가지 해조류가 살고 있었어요.

불가사리는 카이밥 고원의 늑대나 코요테에 견줄 만한 바다의 포식 동물입니다. 녀석들은 워낙 먹성이 좋아 여러 가지 동물을 가리지 않고 잡아먹어요. 저보다 약한 동물을 닥치는 대로 잡아먹는 불가사리를 없애면 다른 바다 생물이 평화롭게 살 수 있지 않을까요? 그러면 바다에 좀 더 많은 생물이 터를 잡지 않을까요?

과학자들은 실험을 시작하면서 바닷속 악당인 불가사리를 보이는 대로 없애 버렸어요. 6개월쯤 지나자 불가사리가 사라진 물웅덩이에서 새로운 따개비종이 자리를 잡기 시작했어요. 그러다 점차 홍합이 늘더니 마침내 다른 생물과 비교할 수 없을 정도로 많아졌어요. 홍합은 바위에 들러붙어 사는데, 그 수가 많아지니 홍합 한 종이 바위를 몽땅 차지해 버린 거예요. 그러자 해조류는 한 종만 빼고 모두 자취를 감추어 버렸어요. 해조류가 없어지니 그걸 먹고 살던 생물도 잇달아 사라졌어요. 처음에 열다섯 종이던 바다 생물은 여덟 종으로 줄어들었어요.

흉악한 포식 동물인 불가사리만 없애면 다른 생물은 안전한 환경에서 번성할 줄 알았는데, 결과는 그게 아니었어요. 오히려 홍합 같은 번식력 좋은 몇몇 종이 물웅덩이를 차지하고 수가 적은 희귀종을 밀어내 버렸어요. 알고 보면, 희귀종 동물은 불가사리가 홍합 같은 동물을 잡아먹으니 그나마 기를 펴고 살 수 있었던 거예요. 불가사리는 희귀한 동물도 간혹 잡아먹었을 테지만, 홍합 같은 흔한 동물을 더 많이 먹어 치웠을 테니까요.

과학자들은 실험을 통해 자연의 질서가 아주 오묘하다는 사실을 깨달았어요. 불가사리 같은 무서운 포식 동물이 약하고 희귀한 동물도 살아갈 수 있는 풍요로운 바다를 만든다니! 인간은 섣불리 쓸모없을 거라고 판단했지만, 불가사리 또한 바다에서 없어서는 안 될 소중한 생명이었어요. 카이밥 고원에서 늑대와 코요테가 그랬던 것처럼요.

그런데 미국에서 악당 대접을 받은 동물이 또 있었어요. 이번에는 덩치가 아주 작은 곤충이었습니다. 1940년대 샌프란시스코 북쪽 클리어 레이크(Clear Lake)에서 있었던 일이에요. 클리어 레이크는 이름처럼 맑은 호수가 있는 곳이어서 관광지로 인기를 끌었어요. 그런데 관광을 온 사람들이 날파리가 많아 성가시다며 불평을 했어요.

그 마을 사람들은 대책 회의를 열었습니다. 그들은 날파리를 없애기 위해 호수에 살충제를 뿌리기로 했어요. 무는 곤충도 아니고 사람을 좀 귀찮게 할 뿐인데, 아예 날파리의 씨를 말리기로 작정한 거예요. 처음 살충제를 조금 뿌렸을 때에는 기적 같은 효과가 있었어요. 날파리가 모조리 죽은 것 같았어요. 그러나 기적은 잠시, 더 성가신 날파리가 나타나서 사람을 더 귀찮게 했어요. 이에 질세라 사람들은 살충제를 더 뿌렸어요. 날이 갈수록 날파리는 더 강해졌고, 그에 따라 사람들은 살충제를 더 많이 뿌렸어요.

그러던 어느 날, 물고기들이 호수 위에 허연 배를 드러낸 채 둥둥 뜨기 시작했어요. 무슨 일인지 곧이어 논병아리가 떼죽음을 당했어요. 죽은 동물의 몸을 검사해 보니 상상하기 어려울 만큼 살충제가 많이 쌓여 있었습니다. 싹 없애려던 날파리는 살충제를 견디는 힘이 날로 세져서 기세등등하게 살아남고, 날파리를 먹이로 삼는 물고기와 물고기를 먹고 사는 새들만 애꿎게 죽어 나간 거예요. 살충제는 정작 날파리에게는 별 영향을 주지 못하고, 맑고 아름다운 호수를 죽음의 호수로 바꾸어 놓고 말았어요.

자연에서 생명은 마치 그물처럼 이어져 있어요. 카이밥 고원에서는 늑대와 검은꼬리사슴과 식물의 싹이, 바닷속에서는 불가사리와 따개비와 홍합과 갖가지 해조류가, 클리어 레이크에서는 날파리와 물고기와 논병아리가 줄줄이 연결되어 있지요. 각각의 생명은 그물에서 한 코를 차지할 뿐인데, 그물 한 코가 망가지면 그와 연결된 다른 그물코들이 줄줄이 영향을 받습니다.

그러므로 수많은 생명이 오랜 시간에 걸쳐 함께 짜 내려온 생명의 그물을 함부로 끊어서는 안 돼요. 생명의 그물은 인간이 상상하는 것보다 훨씬 복잡하고 거대합니다. 잘못 건드리면 그 영향이 어떻게 나타날지 아무도 알 수 없어요. 재앙이 닥친 뒤에야 원인을 추측할 수 있을 뿐이에요. 그런데 생명의 그물에서 한 코를 차지할 뿐인 인간은 지금도 생명의 그물에 마음대로 손을 대고 있어요. 카이밥 고원에서, 클리어 레이크에서 아직도 교훈을 제대로 얻지 못한 거예요.

나는 자연의 속살을 들여다보는 과학자로서, 또 한 사람의 인간으로서 생명의 그물을 오롯하게 지켜 내는 것이 우리 스스로를 지키는 길임을 사람들이 하루빨리 깨닫게 되기를 간절히 바랍니다.

〈생명이 있는 것은 다 아름답다〉

고래들의 따뜻한 동료애 : 다친 동료 돌보는 고래

최재천

몇 년 전 일이다. 어디론가 가기 위해 바삐 걷던 중 저만치 앞에서 휠체어를 탄 한 장애인이 차도로 내려서는 걸 보았다. 위험할 터인데 왜 저러나 싶어 살펴보니 그의 앞에 큼직한 자동차가 인도를 꽉 메운 채 버티고 있는 게 아닌가. 어쩔 수 없는 상황에서 차도로라도 돌아가려는 그에게 차들은 한 치의 양보도 하지 않았고 심지어는 요란하게 경적을 울리는 이들도 있었다.

나는 황급히 그에게 다가가 그의 휠체어 손잡이를 잡으며 도와드리겠다고 했다. 그러나 나의 도움은 아무런 효과가 없었다. 차들은 여전히 매정하게 우리 앞을 가로지르고 있었고 세워 달라고 내가 손을 흔들 때면 더 빠른 속도로 달려오곤 했다. 그러자 그는 나에게 휠체어는 혼자서도 운전할 수 있으니 미안하지만 차도로 내려가 오는 차들을 잠시 멈춰 줄 수 있겠느냐고 부탁했다. 그러면서 자기처럼 장애인은 되지 않도록 조심하라는 당부를 잊지 않았다. 나는 곧바로 차도에 뛰어들어 달려오는 차들을 막아 세웠고, 그는 차도로 우회한 후 다시 인도로 올라 가던 길을 계속 갈 수 있었다.

그는 비교적 말이 적은 사람이었다. 아니면 방금 벌어진 일을 되새기며 씁쓸해하고 있었는지도 모르겠다. 어쨌든 나는 엉거주춤 그의 곁에서 그와 보조를 맞추며 그렇게 한참을 걸었다. 어색해하는 나에게 그는 먼저 서둘러 가라고 권했다. 나는 결국 그와 몇 번의 인사를 나누고 먼저 걷기 시작했다. 그러나 자꾸 몇 걸음 걷다가 뒤를 돌아보지 않을 수 없었다. 그런 나를 향해 그는 가끔 조용히 손을 흔들어 주었다.

당시 나는 외국에서의 긴 연구 생활을 마치고 귀국한 지 얼마 되지 않았을 때였고 외국에 비해 장애인들이 별로 눈에 띄지 않아 의아하게 생각하던 참이었다. 하지만 우리나라가 외국보다 장애인이 적어서가 아니라 그들이 길에 나서기 너무도 불편하게 되어 있기 때문이라는 걸 나는 그날 비로소 깨닫게 되었다. 미국에는 건물마다 장애인들이 이용하기 쉽도록 장애인 전용 통로까지 만들어 놓았다. 얼마 전에는 우리나라 출신의 장애인 학생을 위해 하버드 행정 대학원이 건물 구조를 바꿨다는 기사가 신문에 실리기도 했다.

해마다 우리는 장애인의 날이면 행사를 하며 법석을 떤다. 정작 그들에게 따뜻한 눈길 한 번 주지 않으면서, 길 한 번 제대로 비켜 주지 않으면서 말이다. 그날만 장애인을 걱정하는 것처럼 가장하고 그동안 그러지 못했던 것을 속죄하는 척하기만 하면 되는 것처럼 하루를 보낸다. 이제 우리는 일상생활에서 장애인과 함께 사는 법을 배워야 한다. 그래서 하루빨리 장애인의 날 같은 건 사라지게 말이다.

자연계는 언뜻 보면 늙고 병약한 개체들은 어쩔 수 없이 늘 포식자의 밥이 되고 마는 비정한 세계처럼만 보인다. 하지만 인간에 버금가는 지능을 지닌 고래들의 사회는 다르다. 거동이 불편한 동료를 결코 나 몰라라 하지 않는다. 다친 동료를 여러 고래들이 둘러싸고 거의 들어 나르듯 하는 모습이 고래학자들의 눈에 여러 번 관찰되었다. 그물에 걸린 동료를 구출하기 위해 그물을 물어뜯는가 하면 다친 동료와 고래잡이배 사이에 과감히 뛰어들어 사냥을 방해하기도 한다.

고래는 비록 물속에 살지만 엄연히 허파로 숨을 쉬는 젖먹이 동물이다. 그래서 부상을 당해 움직이지 못하면 무엇보다도 물 위로 올라와 숨을 쉴 수 없게 되므로 쉽사리 목숨을 잃는다. 그런 친구를 혼자 등에 업고 그가 충분히 기력을 되찾을 때까지 떠받치고 있는 고래의 모습을 보면 저절로 머리가 숙여진다. 고래들은 또 많은 경우 직접적으로 육체적인 도움을 주지 않더라도 무언가로 괴로워하는 친구 곁에 그냥 오랫동안 있기도 한다.

우리 사회의 장애인들에게도 휠체어를 직접 밀어 줄 사람들보다

그들이 스스로 밀고 갈 수 있도록 길을 비켜 주고 따뜻하게 함께 있어 줄 사람들이 필요한 것인지도 모른다. 그들이 당당하게 삶을 꾸릴 수 있도록 여건을 마련해 준 후 그저 다른 이들을 대하듯 똑같이만 대해 주면 될 것이다.

앞으로 좀 더 자세한 연구가 진행되어야 밝혀질 일이겠지만 남을 돕는 고래가 모두 다친 고래의 가족이거나 가까운 친척만은 아닐지도 모른다. 우리 인간이 그렇듯이 장애인 동생을 보살피는 것과 전혀 연고도 없는 장애인을 돕는 것은 근본적으로 다르다. 부상당한 고래를 등에 업고 있는 고래가 가족이나 친척으로 밝혀질 가능성은 충분히 있지만 다친 고래를 가운데 두고 보호하는 그 모든 고래들이 다 가족일 가능성은 적은 것 같다. 고래들의 사회에 우리처럼 장애인의 날이 있어 "장애 고래를 도웁시다."라는 구호를 외치며 배웠을 리 없건만 결과만 놓고 보면 고래들이 우리보다 훨씬 낫다.

작가 소개

최재천

과학의 대중화에 앞장서는 학자로, 에드워드 윌슨의 《통섭》을 번역하여 국내외 학계의 스타가 되었습니다.

1954년 강원 강릉에서 4형제의 장남으로 태어났습니다. 학창 시절 대부분을 서울에서 보냈지만 방학만 되면 어김없이 고향의 산천을 찾았습니다. 1979년 유학을 떠나 1982년 미국 펜실베이니아주립대에서 생태학 석사 학위, 1990년 하버드대에서 박사 학위를 받았습니다. 이어 하버드대 전임 강사를 거쳐 1992년 미시간대의 조교수가 되었습니다.

1989년 미국곤충학회 젊은과학자상, 2000년 대한민국과학문화상을 받았고, 1992~1995년까지 미시간대학 명예교우회(Michigan Society of Fellow)의 주니어 펠로우(Junior Fellow)로 선정되었습니다. 2004년 서울대 자연과학대학 생물학과 교수로 부임하였으며 환경운동연합 공동 대표, 한국생태학회장 등을 지냈고, 2006년 이화여대 자연과학대로 자리를 옮겨 에코과학부 석좌 교수로 부임하였습니다. 또한 제1대 국립생태원 원장을 역임했으며 현재 생명다양성재단의 대표로 있습니다.

과학자이자 지식인으로서 한국 사회에 중요한 화두를 던져 온 그는 《과학자의 서재》와 《생명이 있는 것은 다 아름답다》를 비롯하여 다수의 책을 저술하거나 번역하고, 여러 책에 감수자로 참여했습니다.

〈성석제의 농담하는 카메라〉

어느 날 자전거가 내 삶 속으로 들어왔다

성석제

초등학교 6학년 겨울, 추첨으로 중학교를 배정받고 보니 읍내에 둘 있는 중학교 중 공립이었고 아버지와 형이 졸업한 전통 있는 학교였다. 문제는 초등학교 때처럼 걸어서 다니기는 힘든 거리라는 점이었다. 버스가 다니지 않았고 자가용은 물론 없었다.

내 고향은 분지여서 산으로 둘러싸인 읍내는 평탄했고 집집마다 자전거가 없는 집이 없었다. 그렇긴 해도 아이들을 위해 자전거를 사 주는 부모는 극소수였다. 대부분의 아이들은 성인용 자전거의 삼각 프레임 사이에 다리를 집어넣고 페달을 밟아서 앞으로 진행하는, 곡예를 연상케 하는 자세로 자전거를 탔다. 나는 그런 아이들이 부럽기도 하고 경망스러워 보이기도 해서 운동 신경이 둔하다는 핑계로 자전거를 탈 생각을 하지 않고 있었다. 그러나 이젠

선택의 여지가 없었다.

내가 자전거를 배우기 위해 큰집에서 빌린 자전거는 읍내로 출퇴근하는 아버지의 자전거보다 더 무겁고 짐받이가 큰 '농업용' 자전거였다. 그 대신 자전거가 아주 튼튼해서 자전거를 배우자면 꼭 거쳐야 하는, '꼬라박기'를 무난히 감당해 낼 수 있을 듯 보였다. 내 몸이 그걸 견뎌 낼 수 있을지, 내 마음이 그 창피함을 견뎌 낼 수 있을지 의문스럽긴 했지만.

나는 오전에 자전거를 끌고 사람이 없는 운동장으로 갔다. 시멘트 계단 옆에 자전거를 세운 뒤 안장에 올라가서 발로 연단을 차는 힘으로 자전거의 주차 장치가 풀리면서 앞으로 나가도록 했다. 바퀴가 두 번도 구르기 전에 자전거는 멈췄고 나는 넘어졌다. 같은 식의 시행착오가 수백 번 거듭되었다. 정강이와 허벅지에 멍 자국이 생겨났고 팔과 손의 피부가 벗겨졌다. 나중에는 자전거를 일으키는 일조차 힘이 들었다. 마지막으로 쓰러졌을 때 어둠이 다가오고 있는 걸 알고는 막막한 마음에 자전거 옆에 한참 누워 있다가 일어났다.

동네로 돌아오는 길에는 오십 미터쯤 되는 오르막이 있었다. 오르막에 올라서서 숨을 고르다가 문득 내리막을 달려 내려가면 자전거를 쉽게 탈 수 있지 않을까 하는 생각이 들었다. 내리막 아래쪽은 길이 휘어 있었고 정면에는 내가 어릴 적 물장구를 치고 놀던 도랑이 기다리고 있었다. 그리고 그 옆에는 다음 해 봄에 거름으로 쓸 분뇨를 모아 두는 '똥통'이 있었다. 내가 자전거를 통제하지 못하게 된다면 결말은 단순했다. 운 좋으면 도랑, 나쁘면 똥통.

그럼에도 불구하고 나는 돌을 딛고 자전거에 올라섰다. 어차피 가지 않으면 안 될 길, 나는 몸을 앞뒤로 흔들어 자전거를 출발시켰다. 자전거는 앞으로 나아가기 시작했다. 페달을 밟지 않고도 가속이 붙었다. 나는 난생처음 봄을 맞는 장끼처럼 나도 모를 이상한 소리를 내지르며 자전거와 한몸이 되어 달려 내려갔다. 가슴이 터질 듯 부풀었고 어질어질한 속도감에 사로잡혔다. 어느새 내 발은 페달을 차고 있었고 자전거는 도랑과 똥통 옆을 지나고 있었다. 나는 삽시간에 어른이 된 기분으로 읍내로 가는 길을 내달렸다.

그날 나는 내 근육과 뇌에 새겨진 평범한, 그러면서도 세상을 움직여 온 비밀을 하나 얻게 되었다. 일단 안장 위에 올라선 이상 계속 가지 않으면 쓰러진다. 노력하고 경험을 쌓고도 잘 모르겠으면 자연의 판단–본능에 맡겨라.

그 뒤에 시와 춤, 노래와 암벽 타기, 그리고 사랑이 모두 같은 원리에 따라 움직인다는 것을 나는 깨달았다. 비록 다 배웠다, 안다고 할 수 있는 건 없지만.

〈성석제의 농담하는 카메라〉

선물

성석제

선물을 주고받는 문화를 낳은 터전은 유목적이고 도시적인 환경일 터인데 내가 태어나 자란 곳은 정착민, 농경의 세계였다. 오늘이 내일 같고 내일이 어제 같아서 좀처럼 변하지 않는 풍경, 관계, 면면*에서는 선물을 주고받을 일이 없었다. 식구끼리 선물 주고받는다는 건 상상할 수도 없었다.

그렇지만 나는 선물을 받은 적이 있다. 그것도 아버지에게서. "이건 네(게 주는) 선물."이라고 아버지가 말했기 때문에 그건 선물이 되었다. 개였다. 정확히는 강아지였다.

아버지는 어느 날 점퍼 속에 강아지 한 마리를 넣어 왔다. 난 지 며칠이나 지났을까. 호떡을 싸는 종이 봉지에 들어갈 수 있을 정도

*면면: 여러 면, 또는 각 방면

로 작았다. 어린 시절 내게 개는 닭처럼 잡아먹지는 않는다고 하더라도 닭 이상으로 좋아할 것도 없는 동물이었다. 중학교 2학년 때 서울이라는 유목적이고 도시적인 환경으로 전학 온 내게 아버지가 선물이라며 준 강아지는 내가 그때까지 보아 온 가축이 아니라 처치 곤란하고 '낯선 것'이었다. 그 이전에는 물론 그 뒤로 아버지는 한 번도 내게 선물을 준 적이 없다.

겨울밤이었고 아버지가 일평생 처음으로 선물이라며 종이 봉지 속에 든 강아지를 내게 줄 때 술 냄새가 났다. 나는 종이 봉지 속의 강아지의 목덜미를 붙들어 현관 바깥 종이 상자 속에 내려놓았다. 가축은 집 안에 들일 수 없는 게 원칙이었다. 그때까지만 해도 나는 강아지를 선물로 생각하지 않았다. 아버지가 많은 식구 중 내게 주는 선물이라고 했지만 아버지가 그날 밤 집에 들어오면서 부딪친 첫 번째 식구가 내가 아니라 다른 사람이었다면 그의 선물이 되었을 가능성이 크다고 여겼다. 하지만 기분은 묘했다. 어쨌든 아버지에게서 처음 받은 선물이었으니까.

한밤중에 나는 선물이 우는 소리에 잠을 깼다. 내 옆, 옆과 그 옆, 그 옆에 자고 있는 그 누구도 잠을 깨거나 일어나지 않았다. 방을 나가서 바깥에 있는 화장실로 가기 위해 문을 열었을 때 선물이 우는 소리가 더욱 크게 들렸다. 사실 오줌이 마려웠던 것도 아니었다. 선물이 어떤 상태인지 알고 싶었던 것이었다. 그건 다리를 덜덜 떨며 낑낑거렸다. 나는 배가 고파서 우는 걸로 알았다. 부엌에 뭐가 있는지 몰라서 뭘 가져다줄 수 없었다. 나는 그날 저녁

내 몫으로 받고 아껴 먹다 남겨 둔 백설기를 가지고 나왔다. 접시에 물을 담아 백설기와 함께 큰맘 먹고 내밀었다. 선물은 내 선물에 관심이 전혀 없었다. 그저 낑낑거리며 다리를 떨며 울 뿐이었다. 나는 무시당한 데 대해 화가 났다. 선물을 철회했다. 백설기를 집어 들면서도 물은 그냥 두었다. 울다 보면 목이 멜지도 모르고 물은 그럴 때 먹으면 되니까.

방으로 돌아와 누웠을 때에도 선물의 울음소리는 계속해서 들려왔다. 천둥 치듯 아버지는 코를 골았지만 선물의 가느다란, 여린 낑낑거림은 정확하게 나의 청각을 자극하고 잠 못 들게 했다. 결국 다시 밖으로 나갔다. 철회했던 선물을 다시 주고 그 옆에 쭈그리고 앉았다. 선물의 머리를 쓰다듬기 시작하자 울음이 그쳤다. 선물은 너무 어려서 백설기를 먹을 수 없었다. 물을 마시지도 않았다. 다만 관심과 연민에 반응할 수 있을 뿐이었다. 관심과 연민의 공급이 중단되면 즉시 울음이 시작됐다. 결국 나는 내복 바람으로 날이 밝아 오는 것을 보았다.

아버지는 강아지를 선물했다. 나는 강아지에게 백설기를 선물했다. 밤이 아침을 선물하듯 강아지는 내게 난생처음 경험하는 연민의 감정을 선물했다.

작가 소개

성석제

1960년 경북 상주에서 태어났으며, 연세대학교 법학과를 졸업했습니다. 1986년에 〈문학사상〉에 시 '유리닦는 사람'을, 1995년 〈문학동네〉 여름호에 단편 '내 인생의 마지막 4.5초'를 발표하면서 소설가로서 본격적인 작품 활동을 하기 시작했습니다.

시집으로는 삶의 근원과 존재의 근본에 대한 탐구인 《낯선 길에 묻다》와 비극과 희극이 뒤섞인 보통 사람들의 삶의 모습을 제시한 《검은 암소의 천국》이 있습니다. 이외에도 일상에서 발견된 사소한 이야기들을 현실적으로 담아낸 엽편 소설* 《그곳에는 어처구니들이 산다》, 전(傳)의 형식을 차용한 《아빠 아빠 오, 불쌍한 우리 아빠》, 술판과 노름판 등에서 벌어지는 인간사와 인간의 속성을 그린 《홀림》 등의 소설집을 썼습니다. 해학과 풍자 혹은 과장과 익살을 통해 인간의 다양한 국면을 그려 내는 작가로 알려져 있습니다.

*엽편 소설: 콩트, 단편 소설보다도 짧은 소설로, 대개 인생의 한 단면을 예리하게 포착하여 그리는데 유머, 풍자, 기지를 담고 있다.

〈정호승의 위안〉

네모난 수박

정호승

네모난 수박을 보고 충격을 받았다. 어릴 때 동화적 상상의 세계에서나 존재했던 네모난 수박이 물리적 현실의 세계에 존재하게 된 것은 정말 놀라운 일이 아닐 수 없다. 이는 '수박은 둥글다'라는 기본 개념을 파괴시켜 버린 일이다. 이제 우리는 식탁에 올려진 네모난 수박을 늘 먹으면서 무슨 생각을 하게 될까. 별로 대수롭지 않게 그저 먹기에 편하고 맛있으면 그만이라고 생각하게 되지는 않을까.

정작 수박이 네모지면 운반하기에 편할 뿐만 아니라 보관하기에도 좋고 썰어 먹기에도 좋다고 한다. 그러나 수박의 입장에서는 여간 화가 나는 일이 아닐 것이다. 네모난 수박은 유전 공학자들에 의해 유전 인자가 변형되어 만들어진 것이 아니라 네모난 인공의

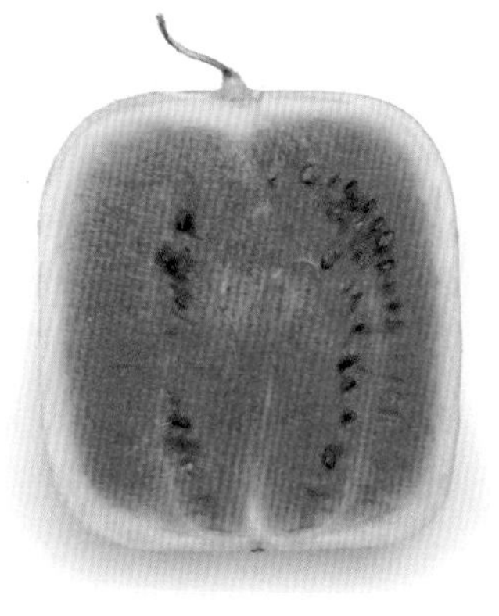

틀 속에서 자라게 함으로써 단순히 외형만 바뀌도록 만들어진 것이다. 그러니까 둥글다는 내면의 본질은 그대로 둔 채 인위적으로 외형만 바꾼 것이다. 따라서 수박은 기형화된 자신의 몸을 이해하고 받아들이기가 여간 힘들지 않을 것이다. 어쩌면 "둥글지 않으면 수박이 아니다. 둥글어야만 수박이다."라고 말하며 분노의 눈물을 흘릴지도 모른다.

네모난 수박을 만든 이들의 말에 의하면, 철제와 아크릴로 네모난 수박의 외형 틀을 만드는 데 무려 5년이라는 시간이 걸렸다고 한다. 수박꽃이 지고 계란 크기만 한 수박이 맺히기 시작하면 특수 아크릴로 만든 네모난 상자를 그 위에 씌우는데, 놀랍게도 수박이 자라면서 네모난 상자를 밀어내는 힘이 자그마치 1톤이나 되었다고 한다. 이렇게 수박의 생장력*이 너무나 강해 만드는 족족 외형 틀이 부서져 그 힘을 견딜 수 있도록 만들기가 여간 어렵지 않았다는 것이다. 결국 네모난 수박 재배의 성공 여부가 전적으로 수박의 생장력을 견뎌 낼 만큼 튼튼한 아크릴 상자를 만들 수 있느냐에 달려 있었다는 것이다.

나는 그 말을 들으면서 네모난 틀 속에서 자라게 되는 한 알의

*생장력: 나서 자라는 과정을 지속하는 힘

수박씨가 겪게 되는 고통에 대해 생각해 보았다. 비록 햇볕과 공기와 수분을 예전과 똑같이 공급받을 수 있는 상태라 하더라도 어느 순간부터는 그만 네모난 틀의 형태에다 자신의 몸을 맞추어야만 하니 그 고통을 어떻게 견딜 수 있었을까.

처음 몸피가 작을 때에는 아무런 고통 없이 원래의 본질대로 둥글게 자랄 것이다. 그러다가 차차 몸피가 커지고 일정 크기가 지나면서부터는 그만 네모난 틀의 형태와 똑같이 네모나지는 자신을 발견하고 참으로 참담했을 것이다. 어쩌면 그대로 죽고 싶은 심정이었을지도 모른다.

나는 네모난 수박을 한참 들여다보다가 비록 겉모양은 네모졌으나 수박으로서의 본질적인 맛과 향은 그대로일 것이라고 생각하면서 오늘을 사는 우리들이야말로 바로 이 네모난 수박과 같은 존재가 아닌가 하는 생각이 들었다. 예전의 우리 삶이 둥근 수박과 같은 자연적 형태의 삶이었다면, 지금은 외형을 중시하는 네모난 수박과 같은 인위적 형태의 삶을 살고 있다고 할 수 있다.

오늘 우리의 삶의 속도는 무척 빠르다. 변화의 속도가 너무 빨라 도무지 정신을 차릴 수 없다. 오늘의 속도를 미처 느끼기도 전에 내일의 속도에 몸을 실어야 한다. 그렇지만 네모난 수박이 수박으로서의 맛과 향기만은 잃지 않았듯이 우리도 인간으로서의 맛과 향기만은 결코 잃어서는 안 된다.

나는 아직도 냉장고에서 꺼내 먹는 수박보다 어릴 때 어머니가 차가운 우물 속에 담가 두었다가 두레박으로 건져 주셨던 수박이 더 맛있게 느껴진다. 이제 그런 목가적*인 시대는 지나고 말았지만 모깃불을 피우고 평상에 앉아 밤하늘의 총총한 별들을 바라보면서 쟁반 가득 어머니가 썰어 온 둥근 수박을 먹고 싶다. 까맣게 잘 익은 수박씨를 별똥인 양 마당가에 힘껏 뱉으면서. 칼을 갖다 대기만 해도 쩍 갈라지는 둥근 수박의 그 경쾌한 목소리를 들으면서.

*목가적: 농촌처럼 소박하고 평화로우며 서정적인 것

작가 소개

정호승

1950년 경남 하동에서 태어나 경희대 국어국문학과와 동 대학원을 졸업했습니다. 1972년 한국일보 신춘문예에 동시 〈석굴암을 오르는 영희〉가, 1973년 대한일보 신춘문예에 시 〈첨성대〉가, 1982년 조선일보 신춘문예에 단편 소설 〈위령제〉가 당선되어 문단에 나오게 되었습니다.
언제나 심미적인 상상력 속에서 생성되고 펼쳐지는 저자의 언어는 슬픔을 노래할 때도 탁하거나 컬컬하지 않습니다. 오히려 체온으로 그 슬픔을 감싸 안습니다. 오랫동안 바래지 않은 온기로 많은 이들의 마음을 치유하는 저자의 따스한 언어에는 사랑, 외로움, 그리움, 슬픔의 감정이 가득 차 있지요. 지은 시집으로 《슬픔이 기쁨에게》《서울의 예수》《새벽편지》 등이, 어른이 읽는 동화집으로 《연인》《항아리》《모닥불》《기차 이야기》 등이 있으며 산문집 《소년 부처》 등이 있습니다. 또한 소월시문학상, 동서문학상, 정지용문학상, 편운문학상 등을 받았습니다.

〈행복이〉

1월 20일

김초혜

사랑하는 재면아!

하루하루가 모여서 한 달이 되고, 그 한 달이 모여서 일 년이 된다. 이 평범하고도 쉬운 이치를 모르는 사람은 없다. 그러나 하루하루를 잘 보내야 행복한 내일이 열릴 것이라고 알고 믿으면서도, 정작 매일매일을 알차고 의미 있게 엮어 가는 사람은 뜻밖에도 많지 않다.

사랑하는 재면아!

어제 한 일의 결과는 오늘 나타나고, 오늘 한 일의 결과는 반드시 내일 나타나는 것이 우리네 삶이다. 날마다 내가 해야 할 일이고 나날이 내가 가야 할 길인데, 어제 빈둥거리고 게으름을 피웠으면 오늘은 어제의 일까지 더해져 숨 가쁘게 뛰어야 하지만, 오늘

할 일을 오늘 다 하면 내일은 편안하고 행복하게 새 길을 걷게 되는 것 아니겠니. 매일매일 꾸준히 한다는 것이 아주 쉬운 일 같지만, 사실은 그것이 가장 어려운 일이다. 그래서 작심삼일(作心三日)이라는 교훈이 수천 년 전부터 전해져 내려오는 게 아니겠니.

꾸준히, 성실하게, 오늘 일은 꼭 오늘 하기 바란다.

작가 소개

김초혜

충북 청주에서 태어나 동국대학교 국어국문학과를 졸업했으며 1964년 〈현대문학〉으로 등단했습니다. 시집 《떠돌이별》《사랑굿1》《사랑굿2》《사랑굿3》《섬》《어머니》《세상살이》《그리운 집》《고요에 기대어》《사람이 그리워서》, 시선집 《빈 배로 가는 길》《편지》, 수필집 《생의 빛 한줄기 찾으려고》《함께 아파하고 더불어 사랑하며》 등을 썼습니다. 한국문학상, 한국시인협회상, 현대문학상, 정지용문학상 등을 받았으며 한국현대시박물관장을 역임하기도 하였습니다.

우리를 둘러싸고 있는 세상에 대한 글들로 이루어져 있습니다. 사물, 동물, 자연, 과학 등 여러 이야기를 통해 우리가 살고 있는 세상은 어떠한지 생각해 보도록 해요.

〈지리 시간에 철학하기〉

철도와 시간
: 시간은 어떻게 인간을 지배하게 됐을까?

안광복

100여 년 전만 해도 마을마다 시간이 다 달랐다. 여러 곳을 달리는 기차는 전국의 시계를 통일시켰다. 그뿐 아니다. 이제는 전 세계가 하나의 리듬에 맞추어 같이 뛰고 있다. 마을마다 지역마다 달랐던 시간이 하나가 됐을 때, 세상에는 어떤 일이 벌어졌을까? 세상이 점점 더 같은 리듬으로 달리게 되면 세계는 또 어떻게 변할까? 시간을 재는 방법이 삶을 어떻게 바꾸는지 알아보자.

전혀 불가능한 약속

"내일 아침 6시 25분에 깨워 줘!"

우리에게는 전혀 이상하지 않은 부탁이다. 그러나 불과 50여 년 전만 해도 이는 '대략 난감한' 약속이었다. 몇 시는 몰라도 몇 분까지 정확히 가려내는 시계가 드물었기 때문이다. 태엽으로 가는 시계는 열이면 열, 조금씩 다르게 재깍거렸다.

나아가 100여 년 전에는 "내일 아침 6시 25분에 깨워 줄게."라는 결코 지키지 못할 약속이었다. 누구도 정확하게 언제가 6시 25분인지 알 수 없었던 탓이다. 시간은 마을마다 동네마다 제각각이었다. 따라서 다른 도시 사람들과 시간 약속을 잡기는 매우 어려웠다. 미국을 예로 들어 보면 같은 버지니아주라 해도 어느 마을의 오전 11시가 옆 마을에서는 오후 1시일 수 있었다. 바로 옆 동네의 시계도 내가 사는 곳의 시간과 달랐다.

지금은 시간이 나라마다 하나로 정해져 있다. 사람들이 통일된 시간에 맞추어 생활하게 된 것은 아주 최근의 일이다. 시간은 철도가 나온 뒤에야 하나가 되었다. 그렇다면 그전 사람들은 어떻게 시간을 맞추었을까? 철도는 어떻게 온 세상의 시간을 하나로 만들었을까?

시계보다 믿음직한 배꼽시계

마다가스카르 사람들은 시간을 시계로 재지 않았다. '메뚜기를 볶는 데 걸리는 만큼', 이런 식으로 시간을 나타냈다. 뉴기니섬 북쪽 트로브리안드섬의 사람들은 한술 더 뜬다. 이들은 '팔롤로'라는 벌레로 계절을 가늠한다. 이 곤충은 10월 15일에서 11월 15일 사이에 바다에 알을 낳는다. 트로브리안드 사람들은 이때를 한 해의 시작으로 쳤다.

이런 이야기들이 괴상하게 들릴지 모르겠지만, 우리에게도 이런 일은 흔하다. '점심때쯤' 만나지 뭐, '해 질 녘'의 운동이 몸에 좋대, '출출할 때쯤' 그만두도록 해 등등.

사실 우리 두뇌에는 시간을 잡아 주는 기관이 따로 없다. 시간을 나타내는 말들을 곰곰이 살펴보라. '시간이 길다', '시간이 짧다', '종례 시간이 늘어졌다', '되도록 마감 시간을 앞당겨 보라' 등등, 시간을 그릴 때는 길이를 나타내거나 동작을 설명할 때의 말들이 쓰이곤 한다. 시간 자체를 느끼는 감각이 없으니 다른 데서 표현을 빌려 오는 셈이다.

"상냥한 여자와 함께 보내는 두 시간은 2분처럼 느껴지고, 뜨거운 난로 위에서의 2분은 두 시간처럼 느껴진다."

아인슈타인(1879~1955)의 말이다. 이처럼 두뇌는 일어나는 일과 느낌을 더듬거리며 시간의 흐름을 짚어 낸다. 시계 없이 시간 맞추기가 어려운 이유다.

하지만 시계 없이 일에 따라 시간을 잴 때가 더 올바를 때가 많다. 농부가 '3월 18일 7시'에 씨를 뿌리라고 말할 때와, '첫 서리가 내릴 때'* 씨를 뿌리라고 말할 때를 비교해 보자. 어느 쪽이 더 큰 지혜를 주는가?

트로브리안드섬에서는 마을마다 한 해의 시작이 달랐다. 팔롤로라는 벌레가 알을 낳는 시기가 제각각이었던 까닭이다. 그래도 이

*이 부분은 원문을 기준으로 하고 있으나 교과서에는 '땅이 녹고 날이 풀릴 때'로 수정되어 실려 있다.

들 가운데 누구도 불평하지 않았다. 하긴 우리도 마찬가지다. 옆 동네에서 이틀 전에 보리를 심었다 해서 뭐 문제될 게 있겠는가? '점심때 밥 먹자'라는 말도 마찬가지다. 어느 마을에서 '그림자가 서쪽으로 약간 기울었을 때' 밥을 먹기로 했고, 그때를 시계에 '1시' 라고 정했다 치자. 그때가 다른 마을 시계로는 2시라고 해도 문제될 것은 없다. 어차피 두 마을은 따로따로 살아갈 테니까 말이다. 백여 년 전, 마을마다 도시마다 시간이 제각각이었던 이유다.

시계, 도덕 선생님이 되다

그러나 기차가 등장하자 사정은 달라졌다. 철도가 나타날 무렵, 서양에서는 우편 마차가 가장 빠른 교통편이었다. 그래 봤자 마차의 속도는 시속 17킬로미터 정도였다. 기차는 시간당 60킬로미터를 넘게 달린다. 그만큼 철도가 놓인 도시들은 빠르게 가까워졌다.

이제 시간은 제각각이어서는 안 되었다. 마차나 배는 마주치면 서로 비껴가면 된다. 하지만 기차는 다르다. 철로 위에서 기차끼리 마주치면 대형 사고가 된다. 그렇다고 철로를 한정 없이 새로 깔 수도 없다. 돈이 너무 많이 들기 때문이다. 기차가 마주치지 않고 제대로 다니려면 여러 곳의 시간이 같아야 한다.

게다가 산업이 발전할수록 여러 도시는 같이 움직여야 한다. 예전에는 농사짓고 물건을 만드는 일이 대부분 한동네에서 이루어졌다. 하지만 철도가 놓인 다음에는 달랐다. 예컨대 아침에 다른 도시에서 부품이 들어오면, 날짜에 맞추어 조립하여 또 다른 곳으로 보내야 한다. '우리 마을식으로' 여유 있게 시간을 썼다간 열차를 놓치기 일쑤다. 그러면 다른 곳에까지 피해가 돌아간다. 사람들은 바짝 긴장하여 시간을 단속해야 했다.

기차가 더 많이 놓이고 세상이 점점 더 가까워질수록, 시간은 모든 것을 꿰뚫는 규칙처럼 되어 갔다. '철도 시간'은 무지막지했다. 마차는 말이 지치는 만큼만 달린다. 말의 숨소리가 거칠면 휴식을 주어야 했다. 그러나 기차는 다르다. 기차는 절대 지치는 법이 없다. 출발과 도착 시간에는 멈춤도 예외도 없어야 했다. 철도가 지나가는 길이 숲이건, 사막이건, 습지이건 상관이 없었다. 출발과 도착 시간만 중요할 뿐이다. 중간의 과정이 어찌 되었건 시간은 칼같이 맞추어야 했다.

시계가 불티나게 팔린 것은 이즈음부터다. 그 시절, 시계는 마치 도덕 선생님과 같았다. 1891년, 어느 시계 회사의 광고를 살펴보자.

"시계는 …… 시간을 일정하게 할 뿐 아니라, 규칙이 감독자의 눈이 안 닿는 곳에까지 이르게 합니다. …… 시작과 끝을 알리는 시계의 소리는 교장 선생님과 같습니다. 누구도 여기에 잘잘못을 따지지 못합니다. …… 결국 시계는 덜떨어진 이들과 지각하는 사람들을 바꾸어 놓을 것입니다."

시간은 세상 모든 곳에서 사람들을 닦달하기 시작했다. 지쳤건, 힘든 일이 있었건, 모든 일은 '끝내기로 한 날짜'에 맞추어야 한다. 안 그러면 그때에 맞춰 일을 시작할 다른 사람들에게도 피해가 간다. 이제 '시간 엄수'는 아주 중요한 도덕이 되었다.

기차보다 한술 더 뜨는 컴퓨터 시간

시간이 하나가 되자 시계는 사람들을 지배하기 시작했다. 우리는 배가 고파서 밥을 먹기보다 식사 시간이기에 밥을 먹는다. 학생들은 공부하고 싶기 때문이 아니라 수업 시간이 되었기에 공부한다. 쉬고 싶어서 쉬기보다는, 휴식 시간이기에 책상에서 일어선다.

인터넷의 등장은 철도보다 훨씬 더 강하게 시간을 옥죄고 있다. 이제는 전 세계를 하나로 다잡는 '컴퓨터 표준 시간'까지 등장하는 모양새다. 서울이 새벽이라면 뉴욕은 아직 저녁이다. 이렇듯 뉴욕과 서울의 시간은 당연히 다르다. 세계화된 세상은 이런 차이를 무시해 버린다. 예컨대 증권 시장에서 일하는 사람은 뉴욕의 아침에 맞추어 한국에서는 밤에 일한다. 인터넷 안에는 밤낮까지 사라져 버렸다. 사람들은 하나가 된 시간에 맞추어 뛰고 또 뛰어야 한다.

시골에 살다가 큰 도시로 가면, 정신을 놓치기 쉽다. 사람들은 모두 정신없이 허겁지겁 달려가고 있다. 눈이 팽팽 돌아가게 바쁜 모습이다. 그러나 정작 시골에서 올라온 자신이 느리게 살고 있다는 생각은 하지 못한다. 사람은 누구나 자기에게 익숙한 시간의 흐름에 맞추어 세상을 바라보는 탓이다.

우리는 열심히, 빠르게 사는 삶이 올바르고 성실한 삶이라고 배운다. 하지만 다른 사회에서도 그렇게 생각할까? 멕시코에서는 약속한 시간에 늦게 오는 게 정상이다. 누군가 시간에 딱 맞추어 오면, 그곳 사람들은 되레 '청소부와 같이 왔다'라는 말로 빈정거린다. 우리 조상들도 그랬다. 서두르는 사람을 '양반답지 못하다'라며 호통 치지 않았던가.

세상은 점점 더 빠르게 돌아간다. 경쟁은 시간에서 분으로, 이제는 초를 다투는 지경으로 숨 가빠졌다. 이제 자기만의 '리듬'으로 세상을 살기란 굉장히 어려운 일이 되었다. 주어진 시간에 맞추어 최대의 결과를 얻어야 하니까 말이다.

그럼에도 '내 마음껏 여유롭고 게으르게 사는 삶'은 모든 사람들의 꿈이다. 크게 출세하고 돈 많이 벌면 이렇게 살 수 있을까? 지금의 대기업 회장은 예전의 농부만큼도 시간이 없다. 휴가를 가서도 시간에 맞추어 아득바득해야 한다. 그럼에도 세상은 '내 마음껏 하고 싶은 대로 살려면' 더욱더 열심히 치열하게 살라 한다. 하지만 그런 세상이 과연 올까? 째깍거리는 시계 소리에 가슴이 답답해 오는 이유다.

작가 소개

안광복

대한민국 1세대 철학 교사로, 서강대학교 철학과에서 공부하고 동 대학원에서 '소크라테스 대화법 연구'로 박사 학위를 받았습니다. 1996년부터 지금까지 중동고등학교에서 철학을 가르치며, 대중에게 철학을 소개하고 알리는 작업을 해 오고 있습니다. 한겨레신문과 경향신문, 조선일보, 중앙일보, 동아일보, 네이버캐스트 등 다양한 지면과 매체에 책과 사상을 소개하는 글을 써왔습니다. 《철학, 역사를 만나다》《처음 읽는 서양 철학사》《소크라테스의 변명, 진리를 위해 죽다》《열일곱 살의 인생론》《철학에게 미래를 묻다》《지리시간에 철학하기》《철학자의 설득법》 등 청소년과 대중을 위한 철학 책들로 많은 독자들과 소통하고 있습니다.

〈건축 속 재미있는 과학 이야기〉

은행 문은 왜 안쪽으로만 열리는 걸까? : 문의 행동 과학

이재인

"은행 문은 왜 자동문으로 만들지 않는 거야?" 비 오는 날, 한 손엔 우산과 가방을 다른 손으론 유모차를 밀며 은행 문을 나서던 젊은 주부의 푸념이다. 생각해 보니 불평할 만도 하다. 그러나 세상에 원인 없는 결과는 없다. 반드시 그렇게 해야 할 이유가 따로 있을 것이다. 도대체 은행 문은 왜 자동문으로 만들지 않는 것일까? 결론부터 말하자면 은행은 고객을 위한 장소지만 은행 문은 도둑을 위한(?) 것이기 때문이다.

문이 도둑을 위한 것이라고? 이에 관한 본격적인 변명에 들어가기 전에 영화와 관련한 에피소드가 있어 그 이야기 먼저 하고 시작해 보자.

시사 평도 좋고 해서 얼마 전 친구와 스파이크 리 감독 최고의 흥행작이라는 《인사이드 맨》을 보러 갔다. 영화는 웅장한 오케스트라의 선율로 시작되었고, 5분이나 지났을까? 난 직업병(?)이 도지기 시작했다. 부지불식간에 "에이, 저 은행 털리겠네."라는 말이 새어 나온 것이다. 그 말을 들은 친구는 "네가 그걸 어떻게 알아?"라며 따지듯 물었다. "저 은행은 문 설계부터 잘못됐어. 저렇게 문 하나도 제대로 설치 못한 은행인데 다른 것이야 얼마나 더 허술하겠니?"라고 대답했다. 하지만 그 대답으로는 불만족스러운 듯 다시 재촉하며 캐묻는다.

"문? 문이 뭐가 문제인데?"

이 영화의 주 촬영 공간인 은행은 제작진이 영화를 위해 만든 세트장이다. 월 스트리트의 중심인 맨해튼 트러스트 32번가*에 위치한 이 건물은 과거에는 은행으로 사용되었으나, 현재는 시가바(cigar bar)로 사용하는 건물이란다. 쉽게 말하자면, 현재의 상업용 건물을 이용하여 영화의 세트장으로 꾸민 것인데 내부는 철저히 은행처럼 꾸미고 있으나 은행 문까지는 세심하게 신경 쓰지 못했다는 말이다. 왜 언저리만 맴돌고 핵심을 이야기하지 않는지 궁금증이 도지겠지만 은행 문과 도둑의 관계만을 털어놓으면, 코끼리 다리만 만지고 코끼리라고 생각할 수 있으므로 우선 문에 관해 알아보자.

*교과서에는 이 부분이 삭제되어 있으나 원문을 따라 살려서 실어 놓았다.

문에 숨겨진 행동 과학을 찾아서

우리에게 문이란 어떤 의미가 있을까? 쉽게 말해 문은 상징적이며 기능적인 경계의 표현 도구다. 관문(關門)이란 단어에서도 알 수 있듯 새로운 시작을 위한 소통로[門戶]다. 조금 더 생각해 보면 건축에서 문(門 혹은 戶)만큼 양면성을 띤 요소가 또 있을까 싶다. 문은 외부와 내부를 차단[止]시키기도 하고, 연결[連]시키기도 한다. 또한 공간을 기능적으로 연결시키기도 하며, 열린 공간과 열린 공간을 상징적으로 연결시키기도 한다.

문은 여닫는 방법에 따라 크게 옆으로 밀어 여는 미닫이문(미세기)과 안팎으로 여닫는 여닫이문이 있는데, 여닫이문은 다시 실내를 기준으로 하여 문이 안쪽으로 열리는 안여닫이와 바깥쪽으로 열리는 밖여닫이, 혹은 안팎으로 모두 열리는 양여닫이가 있다. 그런데 이러한 문들은 건물의 쓰임새에 따라 어떤 건물은 안여닫이문이, 어떤 건물에는 밖여닫이문이 사용된다. 도대체 왜 문이 열리는 방향이 이렇게 달라야만 할까? 그리고 무엇을 기준으로 안과 밖을 선택하는 것일까? 여기에는 사회적 관습이나 개인적 기호 등 다양한 변수가 작용한다. 그러나 이를 기능적 측면으로만 국한한다고 했을 때, 건축에서 문의 개폐 방향을 결정짓는 인자는 크게 세 가지 정도로 요약할 수 있다.

1. 공간의 활용
2. 비상시 대피나 피난
3. 행동 과학

이 세 가지 측면을 중심으로 우리가 사는 주택부터 살펴보자.

현관문

집 안(private)과 밖(public)을 연결해 주는 통로인 현관문은 보통 밖으로 열리는데, 개폐 방향의 결정 인자는 주거 형식이 아파트냐 아니냐에 따라 다르다. 아파트를 제외한 주택 현관문 개폐 방향의 결정 인자는 공간 활용의 측면이 강하다. 신발을 신고 실내로 들어가는 외국과 달리 한국인들은 신발을 벗고 실내로 들어온다. 즉 신발을 벗어 둘 공간이 필요한 것이다. 보통 현관 폭은 집의 규모에 따라 다르겠지만 1미터 내외이고 현관문의 크기도 1미터 정도이니 만약 현관문이 안으로 열린다면? 문을 열 때마다 현관의 신발들이 이리저리 쓸려 다녀야 할 것이다. 물론 현관이 충분히 넓다면 상관

없겠지만 일반적으로 현관 공간보다는 방 공간이 더 넓기를 바랄 것이다.

아파트와 현관을 이야기하다 보니 떠오르는 에피소드가 있다. 결혼 10년 만에 아파트를 분양받은 친구의 집들이 이야기인데, 이럴 때마다 선물로 등장하는 공구 세트를 사 들고 찾아갔다. 친구의 아파트는 계단식으로 7층이었다. 아파트 현관에서 벨을 누르니 현관문이 안쪽으로 열리고 친구가 나와 반겨 주었다. 그 순간 난 어찌해야 하나 싶었다. 친구는 현관문 열리는 방향이 살기에 불편할 것 같아 입주 전에 인테리어 공사와 함께 현관문을 안쪽으로 고쳐 달았다는 것이다. 그러나 아파트의 경우 현관문이 안으로 열리는 것은 불가한 것이므로 친구에게 다시 문을 바꿔 다는 공사를 해야만 한다고 조언했다.

그렇다면 아파트의 현관문은 왜 반드시 바깥쪽으로만 열려야 한다는 것인지, 문을 다시 바꿔 달아야 한다는 나의 말에 울상을 짓던 친구에게 설명한 내용을 적어 본다.

아파트는 여러 세대가 밀집해서 사는 고층의 공동 주택이다. 즉 아파트는 내 집이기도 하면서 우리의 집이기도 하다. 현관문 하나를 경계로 개인 영역인 내부와 공공 영역인 외부가 연결된다. 상상해 보라. 이렇게 많은 사람들이 밀집해 사는 아파트에 사고가 났다고 말이다. 이는 곧 많은 사람들이 동시에 재난을 당할 수 있음을 의미한다. 그러므로 현관문의 개폐 방향은 건물 내의 화재 등 비상시 원활한 대피나 피난을 목적으로 한다. 그 때문에 문의 개폐 방향은 반드시 피난 방향(계단실 방향)으로 열리도록 법(「건축물의 피난·방화 등의 기준에 관한 규칙 제9조」)에서 규정하고 있다. 이를 조금 다른 각도로 보자면, 아파트의 현관문은 사람들이 들어오는 것보다는 나가는 것에 더 큰 관심을 가지고 있음을 의미하는 것이리라.

서양에서는 안으로 열리는 문은 초대를, 밖으로 열리는 문은 외부로부터의 보호를 의미한다고 하는데, 이러한 측면에서 본다면 현대인의 피해 의식이나 개인주의 성향을 반영하는 것이 밖여닫이 문화가 아닐까 싶다.

문 여는 방향과 대피라는 맥락에서 살펴본 또 다른 예는 극장이나 공연장같이 사람들이 동시에 많이 모이는 장소다. 이를 유심히 살펴본 독자들도 있을 것이다. 혹시 극장 안쪽으로 열리는 문을 본 적이 있는가? 극장 문은 보통 바깥쪽으로 열리도록 되어 있을 것이며, 안팎으로 열리는 문도 가끔은 눈에 띄나 안쪽으로만 열리는 문은 본 적이 없을 것이다. 이는 비상시 많은 사람들이 한꺼번에 밖으로 대피하기 쉽도록 문 방향을 밖으로 향한 것이다. 호텔과 같이 많은 사람들이 머무는 곳 역시 문의 개폐 방향을 결정하는 인자는 피난이지만, 문의 방향이 전혀 다르다. 이유는 극장은 실내에 사람이 몰려 있지만, 호텔의 경우는 복도를 통해 대피하는 사람들이 방에서 열고 나오는 문 때문에 장애가 되지 않도록 보통 호텔의 문은 안쪽으로 열린다.

방문

앞서 외부와 내부를 연결하는 문들에 관해 살펴보았는데, 사실 일상 생활에서 가장 많이 사용하는 문은 방문일 것이다. 방문은 보통 안쪽으로 열리는데, 개폐 방향은 공간 활용과 행동 과학적 측면으로 이해할 수 있다. 즉 보통 방과 방은 거실을 중심으로 연결되어 있는데, 공간 활용 측면에서 보자면, 만약 방문이 모두 거실 쪽(방 바깥쪽)으로 열린다면 거실은 실(室)이 아니라 좀 큰 복도가 돼버리고 말 것이다. 그렇다면 행동 과학 측면에서 보면 어떨까? 간단한 일상의 예로 이해해 보자.

민형이 어머니는 밤늦도록 공부하는 고3 수험생 아들을 위해 간식을 준비하고 아들의 방문을 노크한다. 그 순간 방 안에서 공부하던 민형이는 졸음을 떨치려고 방문을 열고 나오다가 방문 앞의 어머니와 부딪힌다. 놀란 어머니의 손에서 간식은 나동그라지고 만다. 생각해 보라. 어느 누가 자기 방에서 나올 때 노크하면서 나오겠는가. 즉 방문을 안쪽으로 열도록 다는 것은 자기 방에서 나올 때 방 밖에 있는 누군가를 위한 배려인 것이다.

이쯤 되면 눈치 빠른 독자들은 바보스러운(?) 건축가들을 탓하며 다음과 같은 의문을 제기할지도 모른다.

"아니, 그럼 우리 전통 주택처럼 미닫이로 하면 될 일이지 왜 여닫이로 만들어 놓은 거야?"

만약 이러한 질문을 던진 독자라면 그 사고력에 아낌없는 칭찬을 해 주고 싶다. 그러나 건축가들도 그렇게 바보는 아니다. 문제는 벽면 활용에 있다. 방 안의 벽면을 머릿속에 떠올려 보라. 빈 벽면이 떠오르는가? 침대, 옷장, 책상, 화장대 등 가구들이 세 면 아니 네 면 모두를 차지하는 상황이 머릿속에 그려질 것이다. 여닫이문의 경우 문 폭 90센티미터를 제외하면 남는 벽면의 활용이 가능하나, 미닫이문의 경우는 벽으로 밀리는 부분까지 포함해서 1.8미터의 길이가 필요하므로 벽면 활용에 있어 불리하다.

여러분의 방문은 어느 방향으로 되어 있는가? 방 안쪽으로 열리도록 되어 있는가? 만약 바깥으로 되어 있어 불편을 느끼거나 저자의 말이 수긍이 간다면 앞으로 집수리를 할 경우 문 방향을 고려해 볼 일이다.

화장실 문

화장실은 주택의 주요 공간이 아니므로 최소 공간으로 설계하는데, 보통 변기는 바로 문 앞에 설치한다. 만약 변기가 문에 걸려 밖으로 문을 여는 경우를 제외하고는 화장실 문은 화장실 쪽으로 열리도록 한다. 화장실과 관련해 건축하는 사람들끼리 우스갯소리로 하는 이야기가 있다. 주택이 얼마나 잘 설계됐는지 알아보려면 화장실 문을 열어 보라는 것이다. 어떻게 화장실 문으로 설계의 수준을 판단할 수 있단 말인가! 이야기는 이렇다. 화장실은 보통 거실이나 방보다 바닥이 낮다. 이유는 화장실에서 사용하는 물의 배수를 위해 구배*(보통 100분의 1)를 확보하기 위함이다. 즉 화장실

*구배: 건설에서 주로 쓰는 용어로, 수평을 기준으로 한 경사도를 뜻한다.

한 변의 크기가 2.1미터인 경우 배수구를 위한 기능상의 높이차는 2센티미터 정도가 필요하다는 말인데, 문제는 화장실에서 신는 실내화에 있다. 그 높이를 그저 기능상으로만 설계한다면, 아마 화장실 문을 열 때마다 실내화가 저만치 달아나는 경우가 발생할 것이다. 그러니 화장실 문을 열었을 때 실내화가 걸리지 않는 정도의 높이(7~10센티미터)로 설계했다면, 다시 말해 그렇게 세심한 곳까지 놓치지 않고 설계했다면 다른 곳은 볼 필요도 없다는 말이다.

자, 여기까지 읽었는데도 원하는 답은 안 나오고 골치 아픈 이야기만 계속된다고 생각하시는 분들을 위해 은행 문과 도둑의 관계를 결론지을까 한다. 앞서 영화 《인사이드 맨》에 등장하는 은행은 털릴 수밖에 없다고까지 단정 지어 말했다. 은행은 무엇보다도 안전과 신용을 가장 중시하는 곳이다. 구조·기능·미를 추구하는 건축 또한 사람들의 안전을 전제한다는 측면에서는 은행과 공통점이 있다. 단지 은행의 안전은 '도난'으로부터의 안전이 주 관심사인 반면 건축물은 대피, 특히 화재로부터의 '대피'가 주 관심사다. 물론 은행에서도 화재는 일어날 수 있고 많은 사람들이 출입하는 공공의 장소이기에 건축의 주 관심사인 대피를 완전히 배제할 수는 없을 것이다. 그러나 고층에 자리 잡은 은행을 본 적이 있는가? 그만큼 외부로 대피하기 용이(보통 화재 시 대피 시간은 두 시간을 기준으로 한다)하다는 이야기다. 물론 은행의 안전이 단지 문 하나로 해결된다는 것은 아니다. 그러나 은행 문을 안으로 열게 하여 단 1초라도 도둑의 도피 시간을 지연시키기 위한 행동 과학의 제안인 것이다.

그러고 보면 드나듦을 목적으로 한다는 문은 들고[入] 남[出]이 등가는 아닌 듯싶다. 적어도 현대에 와서 문은 들어오는 것보다는 나가는 것에 더 큰 관심을 가지고 있는 것 같으니 말이다. 과연 독자들의 집 문은 사람들이 들어오는 것에 관심이 많은가, 아니면 나가는 것에 관심이 많은가? 다르게 표현해 보자면 얼마만큼 행동 과학을 고려하여 문들이 열리고 닫히는가?

문에 얽힌 네 가지 궁금증

1. 초등학교 교실 문은 왜 미닫이문만 쓰는 거죠?

초등학교의 복도나 계단을 유심히 살펴보면 걸어다니는 아이들이 그리 많지 않다. 공부하러 교실에 들어갈 경우를 제외하고는 뭐가 그리 바쁜지 뛰기 일쑤다. 이런 아이들이 생활하는 교실 문을 여닫이로 한다면 어떤 일이 벌어질까? 아이들이 여닫는 문에 수시로 부딪혀 교실 옆에 따로 양호실을 만들어야 할지도 모른다. 또한 아이들의 집중력이 그리 오래 가지 않아 당연히 문을 제대로 닫지 않는 경우가 다반사일 것이다. 게다가 교실 창문으로 불어오는 바람 등으로 여러 교실에서 '쾅쾅' 소리가 끊이지 않을 것이다. 그러니 초등학교 교실 문은 미닫이일 수밖에.

2. 우리 전통 주택의 창과 문은 무엇으로 구별하지요?

우리 전통 주택을 보면 어느 실(室)이나 밖에서 안으로 들어갈 수 있도록 되어 있다. 그러나 이 모든 창호(窓戶)를 문이라고 하지는 않는다. 전통 주택의 창호 구분은 '머름'의 유무로 판단한다. 머름이란 멀다[遠]란 의미와 소리를 뜻하는 한자인 음(音)자를 합한 이두(吏讀 또는 吏頭: 신라 신문왕 때 설총이 정리한 표음 문자로, 한자의 음과 뜻을 빌려 우리말을 적던 방식이나 그러한 문자를 나타내며, 이를 이도吏道·이서吏書·이토吏吐·이투吏套라고도 한다) 표기다. 머름의 위치와 크기는 방바닥 위에 약 한 자(30센티미터) 높이로 설치하며 그 위에 창을 설치한다. 즉 머름이 있는 부분은 출입을 목적으로 하는 문이 아니라 일광이나 환기를 목적으로 하는 창으로 구분한다.

3. 우리 전통 주택에는 왜 안여닫이가 없는 걸까요?

전통 주택의 창호는 모두 외부에 면해 있고, 나무와 창호지로 만들어 비교적 가벼우며, 벽 면적에 비해 창호가 차지하는 비율이 높기 때문에 겨울에는 상당히 춥다. 유심히 우리 전통 창호를 살펴보면 이러한 추위를 막기 위해 창호가 3중 4중[밖을 기준으로 하여 여닫이창, 영창(미닫이), 흑창(미닫이), 갑창(미닫이) 순으로 설치한다]으로 되어 있는 것을 발견할 것이다. 이렇듯 창들이 안에 버티고 있기 때문에 안으로 열고 싶어도 열 수 없는 것이다. 그러니 우리 눈에 보이는 바깥 부분은 밖여닫이로 할 수밖에 없는 것이다. 물론 홑겹창도 있다. 그런데 이 홑창이 안쪽으로 열리도록 되어 있다고 가정해 보자. 그렇다면 창밖에 바람이 불 때마다 바람이 창문을 열어 달라고 흔드는 통에 우리 선조들은 창문의 달그락거리는 소리에 시달려야 했을 것이다.

4. 빙글빙글 회전문, 난 어지럽고 불편하던데

회전문, 특히 자동 회전문은 어느 타이밍에 맞추어 들어갈지 난감하기도 하고, 사용하기에도 다른 문들에 비해 그리 편하지 않다. 그러나 대형 빌딩 1층 로비의 출입문에는 어김없이 설치되어 있는 편이다. 이 문은 사용의 편리성을 위함이 아니라 방한·방풍 효과를 위한 문이다. 보통 여닫이문은 여름의 경우 냉방한 실내로 더운 공기가, 겨울의 경우는 찬 공기가 급격히 밀려 들어와 실내의 사람들에게 불쾌감을 주거나 에너지 낭비를 초래한다. 더욱이 사람들의 출입이 잦음을 고려한다면 냉난방 효과를 거의 기대할 수 없을지도 모른다. 그래서 등장한 것이 바로 회전문이다. 회전문은 안과 밖의 공기가 자유로이 이동하는 것을 최대한 막아 빌딩 안팎의 공기가 쉽사리 내통하지 못하도록 막는 역할을 하는 것이다. 특히 백화점처럼 사람이 많이 드나드는 문은 실내외의 급격한 온도차를 막기 위해 아예 '방풍실'이라는 별도 공간을 마련한다. 그러나 회전문은 외부 공기가 드나들기 힘든 것처럼 사람들도 드나들기 불편하다. 평상시에는 그렇다 쳐도 화재로 인한 대피 시에는 문제가 다르다. 그런 까닭에 회전문을 설치한 경우에는 반드시 여닫이문 등을 함께 설치해야만 한다.

작가 소개

이재인

홍익대학교에서 건축학을 공부했습니다. 동 대학교 대학원에서 공학 박사 학위를 받았고, 지금은 명지대학교 건축학과 교수로 재직하며 서울형 공공건축가로 활동하고 있습니다. 또한 2004년부터 K-12 건축학교 운영 위원으로도 활동했습니다. 우리의 삶은 건축물의 안팎에서 모두 이루어지는데, 정작 건축을 쉽게 이해할 수 있도록 돕는 책이 없다는 것을 안타깝게 여겨 건축에 대해 알려 주기 위해 책을 쓰게 되었습니다. 그동안 《다 빈치의 위대한 발명품》 《어린이가 꼭 알아야 할 세계의 건축물》 등을 번역했고, 지은 책으로는 《르코르뷔지에, 건축가의 길을 말해 줘》 《건축 속 재미있는 과학 이야기》 등이 있습니다.

〈맛있고 간편한 과학 도시락〉

알렉산더 대왕의 살인자, 모기?

김정훈

"웨엥~!"

잠결에 귀에 익은 소리가 들리지만 졸린 몸을 일으키기 싫어 그냥 무시한다. 1분 넘도록 들리던 소리가 갑자기 뚝 멈춘다. 왠지 발끝이 간질간질한 느낌! 도저히 참지 못하고 소리를 지르며 일어난다. 모기와의 전쟁이다. 인류와 모기의 전쟁은 오랜 역사를 가지고 있다. 그리고 인류는 그 전쟁에서 번번이 패배를 경험했다. 그중 가장 유명한 것은 1881년 시작된 파나마 운하 건설이 모기로 인해 중단된 사건이다. 모기에 물린 노동자들이 황열과 말라리아에 걸려 1,200여 명이 사망했고 공사는 1884년* 중단됐다. 기원전

*〈맛있고 간편한 과학 도시락〉 원문에는 1884년으로 쓰여 있지만, 역사적으로는 1889년이라는 기록이 대부분이다.

2세기 대제국을 건설한 알렉산더 대왕 역시 모기에 물려 말라리아로 죽었다는 설도 있으니 모기가 인류 역사에 미친 영향은 이만저만이 아니다.

모기는 엄청난 생존력과 번식력의 소유자이다. 모기는 젖은 물바닥 정도의 깊이만 되면 알을 낳아 번식하고 한 개체의 순환 주기가 매우 빠르다. 모기의 한 종류인 사막모기는 낳은 알이 성충이 되어 다시 알을 낳기까지 고작 일주일밖에 안 걸린다. 이렇게 대단한 모기를 어찌 대처해야 좋을까?

고전적인 모기 퇴치법

가장 좋은 모기 퇴치법은 유충 시기에 박멸하는 것이다. 모기 활동 반경은 약 1킬로미터 이내이기 때문에 모기 발생이 심한 지역에서는 관공서 차원의 방역 활동을 한다. 가정에서도 마찬가지다. 주택가라면 주변의 웅덩이, 빈 깡통, 난방 장치, 싱크대와 하수구 등 물이 고일 수 있는 곳을 없애는 것이 좋다. 최근에는 모기의 천적인 미꾸라지를 이용해서 모기 유충을 박멸하는 방법이 화제를 모으고 있는데 미꾸라지는 모기 유충을 하루에 약 1,100마리까지 포식한다.

유충 박멸이 가장 근원적인 해결책이지만 정부 기관 차원에서 하는 일이고, 우리가 할 수 있는 최선은 바깥에서 집으로 들어오는 모기를 차단하는 것이다. 오래돼 틈이 벌어진 방충망은 모기의 침입에 속수무책이므로 교체해 준다. 모기는 2밀리미터 정도의 구멍까지 몸을 비틀어 쉽게 뚫고 들어온다. 밖에 있던 모기는 주로 문가에 앉았다가 문이 열리는 순간 잽싸게 실내로 들어오는 경우가 많다. 그렇기 때문에 문가에 모기약을 미리 발라 두면 문가에서 호시탐탐 기회를 엿보고 있는 모기를 미연에 퇴치할 수 있다.

모든 난관을 뚫고 집으로 들어온 모기에는 최후의 수단인 화학 무기를 선사할 수밖에 없다. 살충제를 뿌려 모기를 잡거나, 모기향을 피워 모기를 쫓는 것이다. 일반적으로 살충제에 사용되는 피레스린이라는 화학 약품에는 곤충의 정상적인 신경 작용을 방해하는 성분이 들어 있다. 피레스린은 곤충의 근육을 수축시키고 다시 펴지지 않게끔 마비시킨다. 날아가는 모기에 살충제를 뿌리면 몸을 떨면서 땅에 떨어지는 것도 그 때문이다. 뿌리는 살충제 이외에 모기향과 전자 모기향 등에도 이러한 살충 성분이 포함돼 있다. 이때 주의할 것은 떨어진 모기는 시체가 아니므로 살포시 눌러 확인사살을 해 줘야 후환을 막을 수 있다.

신세계 웰빙 모기 퇴치법

하지만 살충제 등은 화학 약품인 탓에 어린이가 있는 집에서는 사용하기가 꺼려진다. 이런 경우에는 모기가 좋아하는 것과 싫어하는 것을 알면 살충제 사용을 최소화할 수 있다. 이른바 '웰빙 모기 퇴치'에는 어떤 것이 있을까?

주변에 보면 모기에 유독 잘 물리는 사람이 있는데 바로 모기가 좋아하는 것을 두루 갖춘 사람이다. 모기는 열과 이산화탄소와 냄새에 끌린다. 따라서 열이 많고 땀을 많이 흘리면서 호흡을 가쁘게 쉬는 사람이 모기에게 잘 물린다. 로션과 선탠 오일 등도 모기가 좋아하는 것들로 20미터 밖에서도 냄새를 맡고 접근한다고 한다. 따라서 몸을 깨끗하게 씻고 호흡을 천천히 하면 모기에 물릴 확률을 줄일 수 있다.

또 다른 방법으로는 모기가 싫어하는 것을 활용한다. 이상하게 들리겠지만 수컷 모기가 내는 소리 대역인 1만 2,000~1만 7,000헤르츠의 초음파가 암컷 모기를 쫓는다. 암컷 모기는 일생에 단 한 번만 교미를 하며, 그 후로는 수컷 모기를 피한다. 피를 빠는 모기는 이미 교미가 끝나고 알을 낳기 위해 동물성 단백질을 필요로 하는 암컷 모기뿐이다. 따라서 수컷 모기의 소리는 사람을 공격하는 암컷 모기를 도망가게 만든다. 이를 이용해서 한동안 모기를 쫓는 컴퓨터와 휴대 전화 프로그램이 유행하기도 했다.

날씨가 더워지고 비가 많이 오면서 모기도 늘어나게 됐다. 해마다 세계적으로 3억 명의 환자가 발생하고 이중 150만 명을 죽음으로 몰아가는 말라리아가 우리나라에도 발견되고 있다. 또 뇌염모기 등으로 인해 수많은 사람이 죽고 있다. 이처럼 모기 퇴치는 가려움을 피하기 위한 순간의 선택이 아닌 생존의 문제로 볼 수도 있다. 집 주변과 집 안을 깨끗하게 정리하고 소독해 가까운 모기라도 퇴치해 보는 것은 어떨까?

작가 소개

김정훈

카이스트(KAIST) 생물학과를 졸업하고, 동 대학원에서 세포생물학을 전공했습니다. 이후 엉뚱하게도 화가의 꿈을 버리지 못하고 애니메이션 공부를 한 뒤 두 편의 단편 애니메이션을 만들었습니다. 자신의 전공을 살려 과학 원리를 쉽게 알려 주는 플래시 애니메이션을 여러 편 제작하기도 했습니다. 〈과학동아〉를 발간하는 동아사이언스의 기자를 지내고 과학 쇼핑몰인 '시앙스몰'을 운영했으며 과학 상품 잡지인 〈시앙스가이드〉의 편집장을 지냈습니다. 지은 책으로 《과학은 쉽다 2 - 똑 닮은 쥐랑 햄스터가 다른 동물이라고?》《우주선 안에서는 방귀 조심!》 등이 있습니다.

〈문학 속 지리 이야기〉

왜 그때 소나기가 내렸을까?
: 소나기

조지욱

윤 초시네 증손녀인 소녀가 서울에서 소년이 사는 시골로 내려왔다. 어느 날 개울가에 나타난 소녀. 소녀는 벌써 며칠째 물장난이다. 어제까지는 개울 기슭에서 놀더니, 오늘은 징검다리 한가운데 앉아서 놀고 있다. 징검다리를 지나야만 집에 갈 수 있는 소년은 개울둑에 앉아 말없이 기다리기만 한다. 눈은 소녀를 주시하며…….

"이 바보."

소녀가 갑자기 일어나 징검다리를 뛰어 건너가더니만 홱 돌아서 소년을 향해 하얀 조약돌을 던지며 외치는 것이었다. 단발머리 소녀는 이 한마디를 남기고 저 멀리 사라졌다. 청량한 가을 햇빛 아래로……. 물끄러미 쳐다보던 소년은 하얀 조약돌을 집어 주머니에 넣었다. 다음 날부터 개울가에서 소녀의 모습을 볼 수 없었다. 다행인 줄 알았는데 소녀가 뵈지 않는 날부터 소년은 자기도 모르게 소녀를 찾고 있었다. 보고 싶은 마음이 커질수록 주머니 속 조약돌을 주무르면서…….

다시 며칠이 지나고 오전 수업을 하는 토요일이었다. 한동안 보이지 않던 소녀가 개울가에 앉아 물장난을 하고 있었다.

모르는 척 징검다리를 건너기 시작했다. 얼마 전에 소녀 앞에서 한 번 실수를 했을 뿐, 여태 큰길 가듯이 건너던 징검다리를 오늘은 조심스럽게 건넌다.

"얘."

못 들은 척했다. 둑 위로 올라섰다.

"얘, 이게 무슨 조개지?"

자기도 모르게 돌아섰다. 소녀의 맑고 검은 눈과 마주쳤다. 얼른 소녀의 손바닥으로 눈을 떨구었다.

"비단조개."

"이름도 참 곱다."

이렇게 대화가 시작되었고, 둘은 길이 갈라지는 곳까지 함께 걸었다. 얼마나 지났을까? 소년과 소녀 앞에 아쉬움의 갈림길이 나타났다.

"너, 저 산 너머에 가 본 일 있니?"

벌 끝을 가리켰다.

"없다."

"우리 가 보지 않으련? 시골 오니까 혼자서 심심해 못 견디겠다."

소녀의 부탁으로 둘은 세상에서 가장 짧은 여행을 시작한다. 한참을 가다 따가운 가을 햇살에 무르익어 가는 논을 지나다 허수아비 줄을 흔들어 대고, 들국화, 싸리꽃, 도라지꽃…… 소년은 소녀의 품 가득히 꽃도 따 준다. 아주 짧은 시간이지만 소녀는 세상에서 가장 행복한 시간을 보내고 있었다. 산마루를 넘어가는 소년과 소녀의 머리 위로 따가운 가을 햇살이 더욱 짙었다. 그러다 소녀가 비탈진 곳에서 꽃을 꺾다가 그만 미끄러지고 말았다. 소녀의 오른 무릎에 핏방울이 내맺혔다. 소년은 저도 모르게 생채기에 입술을 가져다 대고 빨기 시작했다. 그리고 송진을 구해 생채기에다 문질러 줬다.

돌아오는 길에 산마루를 넘는데 소나기가 쏟아졌다. 굵은 빗방울을 퍼붓더니 금세 그쳤다. 도랑을 건너야 하는데 물이 크게 불어 있었고, 소녀는 소년의 등에 업혀 도랑을 건넜다. 그다음 날부터 소녀가 다시 뵈지 않았다. 매일같이 개울가로 달려가 봐도 뵈지 않았다. 얼마 후 소년은 소녀를 만났다. 여윈 모습의 소녀는 추석이 지나고 이사를 간다는 것이었다. 하지만 이사도 가기 전에 소녀는 세상을 떠나고 말았다. 약도 변변히 못 써 보고, 소녀가 죽었다.

이 소설은 사춘기에 누구나 겪을 수 있는 첫사랑에 대한 이야기다. 그런데 이 이야기를 읽으면 꼭 이런 느낌이 들곤 한다. 마치 소년과 소녀가 살던 마을이 내가 어릴 적 살았던 마을 같고, 그게 아니어도 분명 한 번쯤은 가 본 적이 있는 곳 같다는 느낌. 아마 이런 것이 문학의 힘이 아닐까? 그리고 또 한 가지, 아픈 소녀에게 퍼부었던 소나기와 금방 불어난 개천이 너무 원망스럽다.

왜 하필 그때 소나기가 내렸을까?
대류성 강수 '소나기'

"어서들 집으로 가거라, 소나기 올라."

참, 먹장구름 한 장이 머리 위에 와 있다. 갑자기 사면이 소란스러워진 것 같다. 바람이 우수수 소리를 내며 지나간다. 삽시간에 주위가 보랏빛으로 변했다. 산에서 내려오는데 떡갈나무 잎에서 빗방울 듣는* 소리가 난다. 굵은 빗방울이었다. 목덜미가 선뜩선뜩했다. 그러자 대번에 눈앞을 가로막는 빗줄기.

눈앞이 잘 안 보일 정도로 굵은 빗줄기가 쏟아졌고, 소년과 소녀는 급히 원두막으로 피했다. 하지만 원두막은 비가 샜다. 소년은 마른 수숫단을 날라다 덧세워서 세상에서 가장 작은 집을 만들었다. 수숫단 집은 어둡고 좁을 뿐이지 비는 새지 않았다. 얼마나

*듣다: 눈물, 빗물 따위의 액체가 방울져 떨어진다.

지났을까? 소란하던 빗소리가 뚝 그치더니 밖이 훤해졌다. 이렇게 소나기는 소년의 애간장을 녹이고, 소녀의 입술을 파랗게 질리게 하며 지나갔다. 소녀는 소나기 때문에 더 아팠지만 소나기 때문에 죽은 것은 아니었다. 몰락한 양반의 자식으로 몹쓸 병을 앓고 있으면서도 병원을 가지 못해 죽음이 다가온 상태였다. 그렇다고 해도 토요일 오후 그날 갑자기 내린 소나기는 원망스럽다.

소나기는 대체 어떤 비일까? 소나기는 대류성 강수다. 대류란 땅에 있던 물이 하늘로 증발해 올라가서 무거운 소나기구름을 만들고 다시 비가 되어 땅으로 내리는 현상이다. 대류가 활발히 일어나려면 뜨거운 대낮(오후 2~4시)이 좋다. 아마 소년이 오전 수업을 한 토요일이니 하루 중 땅이 가장 뜨거울 때였을 것이다. 소나기는 대류 현상이 잘 나타나는 무더운 여름에 자주 내리고, 뜨거운 봄날이나 가을날에도 가끔 내린다. 아침만 해도 하늘이 말갰는데 갑자기 먹구름이 끼고 '우르르 쾅쾅!' 쏟아지는 비가 소나기이다. 아마 우산 장수가 가장 좋아하는 비는 바로 소나기일 것이다. 그러니 소년이 소나기가 내릴지 몰랐던 것도, 소나기가 내릴 때 수숫단 속에서 잠시 비를 피해 볼 생각을 한 것도 모두 소나기의 특성 때문이다.

속담을 통해서도 우리 조상들은 소나기가 어떤 비인지 알려 줬다. '여름 소나기는 밭고랑을 두고 다툰다.' 이 말은 소나기가 불규칙하게 내리고, 좁은 지역에 내린다는 뜻이다. 소나기가 내려 학교 운동장이 다 비에 젖는데도 한쪽 구석의 농구장만은 멀쩡할 수 있다는 것이다.

이와 비슷한 속담이 몇 개 더 있다. '여름 소나기는 콧등을 두고 다툰다.', '오뉴월 소나기는 닫는* 말(또는 노루) 한쪽 귀는 젖고 한 쪽 귀는 안 젖는다.', '오뉴월 소나기는 쇠등을 두고 다툰다.', ' 오뉴월 소나기는 지척이 천리이다.' 등이다.

대류성 강수는 습하고 뜨거운 곳에서 잘 나타난다. 아마존이나 콩고 우림 같은 열대 지역을 가면 이런 소나기가 거의 매일 내린다. 열대는 가장 추운 달도 평균 기온이 18도를 넘는 곳이다. 종일 해를 받아 데워진 땅에서는 쉼 없이 수증기가 증발하고, 오후가 되면 하늘에는 잔뜩 부풀어 오른 먹구름이 땅으로 떨어질 듯 매달려 있다가 '우르르 쾅쾅!' 여지없이 비로 내린다. 이때는 바람도 심하게 분다. 하지만 한두 시간이 지나면 거짓말처럼 파란 하늘을 보이며 비가 뚝 그친다. 그리고 하늘 한쪽에 예쁜 무지개를 보이기도 한다.

왜 개울물이 금방 불어났을까?
우리나라 하천의 특징

소란하던 수수 잎 소리가 뚝 그쳤다. 밖이 멀게졌다. 수숫단 속을 벗어 나왔다. 멀지 않은 앞쪽에 햇빛이 눈부시게 내리붓고 있었다. 도랑 있는 곳까지 와 보니, 엄청나게 물이 불어 있었다. 빛마저 제법 붉은 흙탕물이었다. 뛰어 건널 수

*닫다: 빨리 뛰어가다, 달리다.

가 없었다. 소년이 등을 돌려 댔다. 소녀가 순순히 업히었다. 걷어 올린 소년의 잠방이까지 물이 올라왔다. 소녀는, '어머나' 소리를 지르며 소년의 목을 끌어안았다.

소나기는 짧은 시간 내리는 비인데, 왜 소녀가 혼자 건너지 못할 정도로 개울물이 금방 불어났을까? 개울물이 금방 불어난 것은 그곳의 하천 지형과도 관계가 깊다. 우리나라는 산이 많아 산과 산 사이가 별로 넓지 않다. 그래서 평야도 좁고, 개울의 폭도 좁다. 따라서 소나기가 쏟아지면 산을 타고 내려온 물이 금방 개울로 흘러들고, 폭이 좁고 얕은 개울은 수위가 금방 높아지며 물살이 빨라진다. 우리나라에서 뱃길이 발달하지 못한 이유 중 하나도 이런 하천 지형의 특징 때문이다.

"내가 죽거든 지금 입던 옷을 꼭 그대로 입혀서 묻어 주세요." 이 말은 소녀가 유언으로 남긴 말이다. 그 옷은 갑자기 불어난 개울을 건너며 소년의 등에 업혔을 때 흙물이 옮은 옷이다. 소녀가 소년을 얼마나 좋아했는지를 알 수 있는 말이다. 첫사랑 이야기를 다룬 〈소나기〉에서 슬픔이 최고조에 달하는 대목이기도 하다.

두 강물이 만나듯 소년과 소녀가 만났다.

두물머리

개울물은 날로 여물어 갔다.

소년은 갈림길에서 아래쪽으로 가 보았다. 갈밭머리에서 바라보는 서당골 마을은 쪽빛 하늘 아래 한결 가까워 보였다.

어른들의 말이, 내일 소녀네가 양평읍으로 이사 간다는 것이었다. (……) 소년은 저도 모르게 주머니 속 호두알을 만지작거리며 한 손으로는 수없이 갈꽃을 휘어 꺾고 있었다.

소년은 소녀가 양평으로 이사를 간 후 거기서 조그마한 가겟방을 하게 되면, 그때 보게 되리라 믿었다. 하지만 이사도 가기 전에 소녀는 세상을 떠났다.

'양평읍으로 이사 간다.'라는 소설의 한 구절로 보아 소년과 소녀가 만난 곳은 양평 쪽인 것으로 보인다. 오늘날의 양평은 서울 동쪽에 있는 도시로 전원주택이 많이 들어서 있는 곳이다. 서울 사람들 중에는 양평에 전원주택을 짓고 살았으면 하는 사람들이 꽤 많다. 하지만 〈소나기〉가 발표된 1959년 무렵 양평은 대부분이 전기조차 들어오지 않는 깡촌이었다.

한편, 지도에서 양평을 찾아보면 소년과 소녀는 하늘이 맺어 준 인연이란 생각이 든다. 바로 두물머리 때문이다. '두물머리'란 두 개의 물이 만난다는 뜻으로, 여기서 두 개의 물은 남한강과 북한강이다. 남한강은 강원도 태백의 검룡소에서 발원하여 남쪽으로 내려가 충청도 충주를 돌아 경기도 양평으로 온다. 또 북한강은 강원도 금강산에서 발원하여 춘천을 지나 양평으로 온다. 서로 다른 곳에서 시작한 강이 서로 다른 곳을 흘러서 두물머리로 온다. 마치 시골에서 태어나 살아온 소년과 서울에서 태어나 자란 소녀처럼 말이다. 두물머리에서 만난 물은 한강이 되어 서울의 강남과 강북 사이를 지나 인천 앞바다로 흘러 나간다.

양평에는 실제 '소나기 마을'이 있다. 2009년에 〈소나기〉의 작가 황순원을 기리는 사람들이 뜻을 모아 만든 마을이다. 소나기 마을 역시 소설 〈소나기〉에 '소녀네가 양평읍으로 이사 간다.'라는 대목을 근거로 양평군 서종면 수능리에 만들었다. 두물머리에는 400살도 넘은 느티나무가 물살을 지켜보고, 강가를 따라 기와 담장과 흙길이 나란히 달린다.

옛날에 두물머리는 '두머리'로 불렸으며, 먼 길을 오가는 사람들의 쉼터이자 강원도 산골에서 연료나 목재를 싣고 온 뗏목이 쉬어 가는 포구였다. 그러나 1973년 팔당 댐이 생기면서 두물머리를 거쳐 서울로 드나들던 뱃길이 끊기게 되었다.

게다가 이곳은 서울 사람들의 식수원으로 상수원 보호 구역이 된 후 황포 돛대를 단 배가 다닐 수 없게 됐다. 하지만 오늘날 두물머리는 옛날보다 더 많은 사람들이 찾는 장소이자 드라마 촬영지가 되었다. 소설 속이지만 소년과 소녀가 남긴 아름다운 사랑 이야기가 두물머리를 첫사랑의 랜드마크로 바꾼 것이다.

작가 소개

조지욱

서울시 종로구에서 태어나 아주 어렸을 때부터 엘리베이터를 타고 놀았습니다. 물장구치고 다람쥐 잡던 추억이 부족했기에 누구보다도 자연을 동경하여 동국대학교와 동 대학원에서 지리교육학을 공부했습니다. 1993년부터 지리 교사로 학생들을 가르치면서 "어떻게 하면 학생들이 지리를 쉽다고 느낄 수 있을까?" 하는 문제를 해결하기 위해 많은 시간을 들였으며, 현재는 부천의 고등학교에서 한국 지리와 세계 지리를 가르치고 있습니다. 지리를 확장하여 창조적 사고로 이끄는 여러 권의 책을 펴냈는데, 지은 책으로는 《동에 번쩍 서에 번쩍 세계 지리 이야기》《우리 땅 기차 여행》《유럽은 왜 빵빵 할까?》 등이 있으며, 《중학교 사회》《고등학교 세계 지리》 교과서 《EBS 수능특강 세계 지리》 등에 집필진으로 참여했습니다.

〈손 안의 박물관〉

조상의 슬기가 낳은 석빙고의 비밀

이광표

경상도 지역에 가면 석빙고(石氷庫)가 있다. 서울에는 동빙고동(東氷庫洞)과 서빙고동(西氷庫洞)이 있다. 모두 얼음을 저장했던 곳이다.

수백 년 전 한여름에도 완벽하게 얼음을 저장했던 석빙고. 매년 2월 말 강가에서 얼음을 14센티미터 이상의 두께로 잘라 내 저장한 뒤 6월부터 10월까지 수시로 그 얼음을 꺼내 더위를 물리쳤던 선조들. 석빙고가 한여름 무더위를 견딜 수 있었던 비결은 대체 무엇일까.

현재 남아 있는 석빙고는 여섯 개. 모두 18세기에 만들었고 경북 경주, 경남 창녕 등 경상도 지역에 몰려 있다. 반(半)지하 내부 공간은 길이 12미터, 폭 5미터, 높이 5미터 안팎이다. 조선 시대 한

양에도 동빙고와 서빙고가 있었으나, 돌로 만든 석빙고가 아니라 나무로 만든 목빙고(木氷庫)였던 탓에 지금은 모두 사라져 버렸다.

석빙고의 얼음 저장은 두 단계로 나뉜다. 얼음 저장에 앞서 겨울 내내 내부를 냉각시키는 1단계와 얼음을 넣은 뒤 7~8개월 동안 차갑게 유지하는 2단계. 어느 한 단계라도 부실하면 여름철 얼음의 시원함을 맛볼 수 없다.

제1단계, 석빙고 내부 냉각. 석빙고 내부를 미리 차게 만들어 놓는 것은 얼음 저장에 가장 기본적인 작업이다. 전문가들의 측정에 따르면 경주 석빙고의 겨울철 내부 온도는 평균 영하 0.5도~영상 2도. 보통 지하실 내부가 영상 15도 안팎이라는 점에 비하면 석빙고 내부가 얼마나 차가운지 쉽게 알 수 있다.

그렇다면 왜 이렇게 냉각이 잘되었을까. 석빙고 입구를 잘 살펴보면 출입문 옆에 세로로 날개벽이 붙어 있음을 확인할 수 있다. 이 날개벽에 냉각의 비밀이 숨겨져 있다. 겨울에 부는 찬바람은 이 날개벽에 부딪힌다. 부딪히면서 소용돌이로 변한다. 소용돌이는 추진력이 있어서 더욱 빠르고 힘차게 석빙고 내부 깊은 곳까지 밀고 들어간다. 석빙고는 그렇게 해서 찬 기운을 유지하게 된다.

제2단계, 얼음 저장 이후 저온 유지. 늦겨울에 저장한 얼음은 봄이 지나고 여름이 되어도 정말 녹지 않았을까. 물론 녹았다. 그러나 미미한 정도였다. 그렇다면 한여름에 어떻게 찬 기운을 유지할 수 있었을까.

석빙고의 절묘한 천장 구조를 살펴보자. 화강암 천장은 1~2미터 간격을 두고 4~5개의 아치형으로 만들어져 있다. 각각의 아치형 천장 사이는 움푹 들어간 빈 공간으로 되어 있는데, 이것이 바로 비밀의 핵심이다. 내부의 더운 공기를 가두어 밖으로 빼내는 일종의 '에어 포켓(air pocket)'인 셈이다.

얼음을 저장하고 나면 내부 공기는 미세하지만 조금씩 더워진다. 여름에는 얼음을 꺼내기 위해 수시로 문을 열어야 하니 더욱 그러하다. 더워지는 공기를 어떻게 해결했을까.

더운 공기는 위로 뜬다. 하지만 더운 공기가 위로 뜨는 순간 그 공기는 에어 포켓에 갇혀 꼼짝할 수 없게 된다. 에어 포켓에 갇힌 더운 공기는 에어 포켓 위쪽에 설치된 환기구를 통해 밖으로 빠져나간다. 이렇게 해서 석빙고 내부는 초여름에도 섭씨 0도 안팎을 유지할 수 있었다. 실로 완벽한 구조다.

석빙고의 비밀은 또 있다. 얼음에 치명적인 습기와 물은 재빨리 밖으로 빼내야 한다. 이를 위해 바닥에 배수로를 만들었다. 또한 빗물 침수를 막기 위해 석빙고 외부에 석회와 진흙으로 방수층을 만들었다. 얼음과 벽, 얼음과 천장 틈 사이에는 밀짚, 왕겨*, 톱밥 등의 단열재를 채워 넣어 외부 열기를 차단했다. 또한 석빙고 외부의 잔디는 햇빛을 흐트러뜨려 열 전달을 방해하는 효과가 있으니 경험과 직관에 기초한 선인들의 빼어난 과학 지식이 그저 놀라울 따름이다.

그러나 이 완벽한 과학도 겨울 날씨가 추워야 빛이 난다. 얼음이 제대로 얼지 않으면 석빙고는 무용지물에 불과하기 때문에 사람이 어떻게 날씨까지 조절할 수 있으랴. 그래서 옛사람들은 겨울 날씨가 포근할 때면 추위를 기원하는 기한제(祈寒祭)를 올리곤 했다. 겨울이 추워야 이듬해 병충해를 덜 입기 때문에 풍년을 위해서라도 추위는 반가운 손님이었다.

*왕겨: 벼의 겉겨

작가 소개

이광표

서울대학교에서 고고미술사학을, 동 대학원에서 국문학을 공부한 뒤 동아일보 문화재 담당 기자로 일하고 있습니다. 기자 생활을 하면서 문화재의 매력에 빠져서 홍익대학교 대학원에서 미술사학을 공부했으며, 고려대학교 대학원 문화유산학과 박사 과정을 마쳤습니다. 어떻게 하면 많은 사람들에게 문화재의 매력을 알릴 수 있을까, 늘 고민하면서 생활하고 있습니다. 지은 책으로는 《손 안의 박물관》《살아 있는 역사, 문화재》《한 권으로 보는 그림 문화재 백과》《국보 이야기》《옛 그림 속에 숨은 문화유산 찾기》《한국 미술의 미》《명품의 탄생-한국의 컬렉션, 한국의 컬렉터》 등이 있습니다.

〈김산하의 야생 학교〉

더위가 알려 준 진짜 충격

김산하

더위. 지금 이보다 우리를 압도하는 것이 있을까. 열의 손아귀에 꽉 잡혀 꼼짝달싹도 못하며 연명하는 날들이 끝을 모르고 이어진다. 너무 더운 나머지 모든 세상만사가 다 무가치해질 정도이다. 정치고, 경제고, 연예고, 스포츠고 다 필요 없다. 더워 죽겠는데 무슨. 밤이 되어도 전혀 쉴 틈을 주지 않는 무더위 속에서 오늘도 헛되이 잠을 청해 본다. 잤는지, 못 잤는지도 불분명한 몽롱한 정신으로 무거운 눈꺼풀을 든다. 간신히 넘긴 하루. 하지만 오늘은 또 어쩐다냐. 사는 것이 참으로 힘들도다.

온도 몇 도의 차이가 이렇게 대단한 것이구나, 우리는 혀를 내두른다. 냉방된 공간을 산소통처럼 찾아다니는 나약한 육신을 내려다보면서, 아무리 고매하고 똑똑한 척을 해도 결국 하나의 생물일 뿐이구나, 우리는 탄식한다. 더위가 우리로 하여금 근본적인 시선을 갖게 해 준다. 더위는 우리를 한없이 솔직하게 만들어 준다. 그리고 더위를 통해서 우리는 지구인이 된다. 당장의 더위를 해결하지 않는 이상 그 어떤 것도 중요치 않음을 몸소 경험함으로써 우리는 알게 모르게 시대의 문제를 마주하고 있는 것이다. 그렇다. 이것이 현대의 삶이다. 신자유주의보다, 저성장보다, 테러리즘보다, 한 명도 빠짐없이 모든 이의 피부에 완벽히 와 닿아 가장 심각한 전 지구적 이슈. 나와 무관하다며 모든 것을 무시해 버려도 끝내 외면할 수 없는 궁극적인 생존의 문제. 바로 기후 변화이다.

그렇다. 지겨워 죽겠지만, 바로 그 기후 변화이다. 지겨운 이유는 하도 많이 들리기 때문이다. 많이 들리는 이유는 제대로 대응하고 있지 않기 때문이다. 더워 돌아가시겠는데 에어컨 켜지 말라는 헛소리냐? 혹자는 벌써부터 역정을 낸다. 정확히 그 말은 아니다. 하지만 비슷한 범주의 말이긴 하다. 더위는 더 이상 단순 기상현상이 아니다. 날씨는 더 이상 인사치레의 주제가 아니다. 지금 우리가 목도하기 시작한 유례없는 이 '열의 위력'은 문명의 총체가 그동안 쌓아 올린 어마어마한 빚더미 쇼케이스의 서막이다. 하필 이 시점에 태어나 살고 있는 우리는 억울할지도 모른다. 그러나 다음 세대와 그 이후를 생각하면 오히려 얼마나 행운아인지 깨닫게 된다. 왜냐하면 이 고통은 잠시 있다가 떠날 것이 아니며, 오히려 가면 갈수록 심해질 것이 분명하기 때문이다.

이번 2016년 상반기는 역대 온도 기록을 모두 경신하였다. 그러니까 올해 1, 2, 3, 4, 5, 6월은 모두, 지구 역사상 있었던 모든 1, 2, 3, 4, 5, 6월보다 더운 달이었다. 미국 국립기후자료센터에 따르면 벌써 14개월 연속으로 기록 경신 행진이 지속되고 있다. 심지어 어떤 달은 산업화 이전 평균치보다 1도 이상 높은 고온에 달할 정도로 올해 기후 변화의 양상은 강력하다. 지난해 파리 협약에서 도출된 목표치는 지구의 기온 상승을 2도 아래로 묶자는 것이었는데……. 기상 관측 이래 가장 더웠던 15년 중 14년이 2000년대에 일어났다. 참, 지금이 2016년이던가? 어떻게 봐도, 아니 안 보려고 해도 메시지는 분명하다. 지구가 위험하게, 정말로 위험하게 달궈지고 있다. 예전에는 뉴스로 들었던 것을, 지금은 몸으로 느낀다. 나만이 아니다. 우리나라만이 아니다. 전 세계가 이 순간 함께 허덕이고 있다. 그러나 이는 충격이 아니다. 사실 이미 예상된 것이다. 우리가 변하지 않는다는 것, 그것이 충격이다.

전력 수요 폭증으로 전력 예비율이 급감하고 있는 가운데 정부는 누진세의 한시적 완화를 발표했다. 당장 더위와 전기세의 이중고에 시달리는 국민에게는 반가운 소식일는지 모른다. 그러나 세계 탄소 배출 7위의 국가로서는 그야말로 무책임하기 짝이 없는 자세이다. 한국은 지난 20년간 OECD 중 탄소 배출 증가 속도 1위의 불명예에 오른 나라이다. 다른 나라들은 탄소 배출을 1인당 평균 7.2퍼센트로 줄일 때 우리는 110.8퍼센트로 늘리는 역주행을 하고 있는 것이다. 지구생태발자국네트워크라는 국제단체가 운영하는 '지구 용량 초과의 날'이라는 것이 있다. 지구의 1년치

자원을 12월 31일에 다 쓰는 것이 가장 바람직한데 실제로 소모되는 날을 측정하는 것이다. 지난해에는 8월 13일이었던 것이 올해는 8월 5일로 앞당겨졌다. 즉, 가을도 채 되기 전에 우리는 곳간을 비우는 셈이다. 더욱 놀라운 것은 한국은 지구가 3.3개가 필요한 수준의 생활을 하는 국가로 전체 4위에 올랐고, 면적 대비 자원 소비량은 전 세계에서 1위라는 사실이다. 한마디로 우리의 에너지 사용량, 그리고 증가량이 타의 추종을 불허하는 가장 극심한 수준이라는 것이다. 그런데도 더위 앞에서 우리는 에너지 사용량을 더 늘리는 것 외에는 아무 관심이 없다. 골드만 환경상을 받은 미카엘 크라빅 박사가 말하는 더위에 대응하는 도시 시스템의 변화와 같은 근본적인 대책에 대해서는 정부, 기업, 국민 모두 나 몰라라 한다. 빗물을 그냥 흘려보내지 않고 도시에서 모으고 나무와 풀의 녹지대를 늘려 온도를 낮춰야 한다고 그는 강조하지만, 우리는 에어컨을 어떻게 하면 더 틀까만을 골몰하고 있다. 한 나라가 이토록 '철면피'라는 사실이 이번 더위의 진짜 충격임을, 야생 학교는 깨닫는다.

작가 소개

김산하

외교관이던 아버지를 따라 일본, 스리랑카, 덴마크 등에서 자라면서 다양한 자연환경을 접했으며 한국 국제 협력단의 단원으로 인도네시아, 페루 등지를 돌며 봉사 활동을 했습니다. 서울대학교 동물자원과학 학사 학위와 생명과학부 행동생태학 석사 학위를 받았으며 동 대학원에서 박사를 수료했습니다. 국내 최초의 야생 영장류학자로서 이화여자대학교 에코과학부 연구원으로 활동하고 있습니다. 지은 책으로 〈STOP!〉 시리즈, 《세상 모르는 사람들을 위한 지혜》《비숲》 등이 있고, 옮긴 책으로는 리처드 도킨스의 《무지개를 풀며》《사회생물학의 승리》 등이 있습니다.

〈솟은 땅 너른 땅의 푸나무〉

그리움의 상징, 동백나무

유기억

불혹의 나이를 넘어선 분들은 우리나라 국민 가수로 인정받고 있는 이미자 씨를 알 것이다. 목소리가 얼마나 아름다우면 '엘레지의 여왕'이라고 했을까? 사랑과 동경, 그리움과 슬픔을 주제로 한 가사를 애절하게 표현하는 목소리가 꽃의 여왕으로 불리게 된 동기가 아닐지. 1964년 발표한 〈동백아가씨〉는 가신 님을 그리워하며 그 외로움을 동백꽃에 비유한 가사 그대로가 아픔이다. 가사를 음미해 보면 마치 일제 강점기 때 자유를 위해 핍박과 억눌림으로부터 벗어나려는 애절함이 묻어나는 듯하다. 그래서인지 이 노래는 발표된 지 얼마 안 되어 당시 방송윤리위원회로부터 금지곡으로 묶여 1987년에 해금될 때까지 공식적으로는 부를 수 없는 노래였다. 금지곡으로 지정한 이유는 경제 발전을 위해 꾸준히 노력해야 할 시기에 이렇게 애절한 노랫말은 국민 정서에 좋지 않다는 것이었다. 사실은 한국과 일본과의 국교 정상화 시기와 맞물려 있던 때라서 정치 외교적 배경도 한몫했다는 뒷이야기도 있다.

동백나무(Camellia japonica)는 우리나라 식물의 분포에 따른 8개 구계구분(區系區分) 가운데 남부아구를 특징짓는 대표 종이다. 따뜻한 곳을 좋아해 충청남도 이남이나 남쪽 섬 지역 또는 해안가에 주로 분포하며, 강원도 지방에서는 실내에서 관상용으로 기른다. 야생으로는 인천광역시 옹진군의 대청도가 분포의 북한계선으로 알려져 있으며, 이 지역의 동백나무 자생지는 천연기념물 제66호로 지정되어 있다. 동백나무 꽃은 꽃가루받이(수분受粉)이 독특하다. 대부분의 종자식물은 벌이나 나비 같은 곤충이 주로 꽃가루받이를 해 주는데 동백꽃은 '동박새'라는 새의 힘을 빌린다. 이런 종류의 꽃은 조매화(鳥媒花)라고 하는데, 꽃이 크고 화려한 식물이 많은 열대 지방에서 볼 수 있다. 바나나, 파인애플, 선인장 등이 이에 속하는데 우리나라 식물 중에서는 동백나무가 유일한 것 같다. 동백꽃도 많은 꿀을 만들어 내지만 꽃 피는 시기가 너무 일러 곤충이 활동하기 전이라 동박새가 임무를 대신하는 것이다.

속명 'Camellia'는 동남아시아 식물 연구의 선구자인 체코슬로바키아의 선교사 카멜(G.J. Kamell)을 기념하기 위해 붙인 이름이며, 종소명 'japonica'는 일본에서 자란다는 뜻이다. 동백나무라는 우리 이름은 겨울에도 꽃이 피며 늘 푸른 잎을 가진 식물이란 뜻인 것 같다. 동백나무에 비해 어린 가지와 잎 뒷면의 맥, 씨방 등에 털이 있는 품종은 '애기동백나무'라 하며, 흰 꽃이 피는 개체는 '흰동백나무'로 구분한다. 동백나무는 녹나무과(Lauraceae)에 속하는 생강나무의 다른 이름으로 쓰이기도 하며, 지방에 따라서는 '동백', '뜰동백나무' 또는 '뜰동백'이라 불리기도 한다.

씨를 짜서 만든 동백기름은 오래전부터 사용되어 오던 우리나라 전통의 머릿기름으로 더 유명하다. 한방에서는 동백꽃을 산다화(山茶花)라 하여 약으로 사용하는데, 출혈을 멈추게 하는 효과가 있다고 한다. 제주도에서는 동백꽃이 꽃줄기에서 떨어지는 모습이 마치 사형 집행을 당하여 목이 잘려 떨어지는 것 같다고 하여 집안에 들여놓으면 불행이 찾아온다고 집 안에서 심지 않는 풍습이 있다. 일본말에도 갑자기 생기는 불행한 일을 '찐지(ちんじ, 椿事)'라 하는데 바로 동백꽃이 떨어지는 모습을 보고 연상하여 생긴 단어라 한다.

동백꽃에 얽힌 전설이 하나 전하는데, 옛날 어느 나라에 욕심 많고 성격이 괴팍한 왕이 있었다. 그런데 불행하게도 자식이 없어서 죽고 나면 동생의 두 아들 중 한 명에게 왕위를 물려줄 수밖에 없는 처지였다. 욕심 많은 왕은 그것이 싫어서 동생의 아들들을 죽일 계략을 세웠다. 이를 눈치챈 동생은 자신의 아들들을 멀리 피신시키고 대신 아들들과 닮은 두 소년을 데려다 놓았다. 이 사실을 눈치챈 왕은 동생의 친아들을 잡아 와서 "네 아들들이 아니니 네가 직접 죽이라."고 동생에게 명령을 내렸다. 차마 자신의 아들들을 죽일 수 없는 동생은 그 자리에서 자결하여 붉은 피를 흘리며

죽고 말았다. 이 광경을 지켜보던 두 아들도 새가 되어 날아가 버렸다. 죽은 동생은 동백나무가 되었고 세월이 흘러 크게 자라 꽃을 피우기 시작하자, 새로 변한 두 아들도 돌아와 동백나무에 둥지를 틀고 함께 살았다. 이 새가 동박새인 것은 두말할 것도 없다.

여수 앞바다에 있는 오동도의 동백나무 숲에도 슬픈 사연이 전한다. 오동도에서 나고 자라 그곳에서 결혼까지 해 평생을 다복하게 살고 있는 부부가 있었다. 남편은 바다에서 고기를 잡아다 상점에 내다 파는 어부였고 아내는 평범한 주부였다. 어느 날 남편이 고기를 잡으러 바다로 나간 사이 집에 도둑이 들었다. 도둑은 부인의 미모에 빠져 물건 훔치는 것은 잊은 채 부인을 범하려 달려들었다. 부인은 필사적으로 도망치다가 그만 바다에 빠져 죽고 말았다. 깊은 슬픔에 빠진 남편은 부인의 넋을 달래 주기 위해 시신을 수습하여 바닷가에 잘 묻어 주었다. 다음 해 부인의 무덤가에 나무 한 그루가 자라더니 붉은색의 예쁜 꽃을 피웠다. 바로 동백나무였다. 그때부터 오동도에는 동백나무가 무성히 자라기 시작했다고 한다.

동백나무는 한자 '冬柏'이 의미하듯 추운 겨울을 이겨 낸 꿋꿋함이 있다. 두껍고 진한 녹색 잎이 그렇고 이른 봄에 피는 붉은색의 꽃잎이 더욱 그렇다. 그래서인지 동백나무 숲속에 서 있으면 몸과 마음이 편안해지는 느낌이 든다. 어렸을 때 엄마 품에 안겨 있는 것처럼 말이다. '겸손한 아름다움'이라는 꽃말처럼 진정한 봄꽃의 대명사로, 붉은 정열의 아름다움이 영원히 기억되는 나무였으면 좋겠다.

작가 소개

유기억

강원 횡성에서 태어나 강원대학교 생물학과를 졸업하고, 동 대학원에서 식물 분류학 전공으로 석사와 박사 학위를 받았습니다. 농촌진흥청, 미국 콜로라도주립대학교, 미국 플로리다대학교, 시카고 필드 자연사 박물관, 스미소니언 자연사 박물관에서 박사 후 연수 및 방문 연구원으로 근무했으며, 2002년부터 강원대학교 생명과학과 교수로 재직 중입니다. 지은 책으로는 《특징으로 보는 한반도 제비꽃》《한반도 관속식물 분포도》《양구의 산채》《대학생물학》 등이 있습니다.

〈창의력이 빵! 터지는 즐거운 미술 감상〉

워홀의 생각
: 만화와 포장지도 예술이 되지

전성수

어디서 많이 보던 것 같은데?

여기 캠벨 수프 깡통이 있습니다. 이것은 사진일까요, 아니면 그림일까요? 답은 둘 다 아닙니다. 이것은 일종의 판화거든요. 실제 수프 포장지를 실크 스크린이라는 기법으로 찍어서 만든 작품이지요. 캠벨 수프는 당시 미국의 식료품 가게에서 누구나 쉽게 살 수 있었던 상품이라고 해요. 그래서 이 작품이 전시장에 전시되었을 때 어떤 사람은 '단돈 29센트면 진짜를 살 수 있소.'라는 낙서를 해 놓기도 했답니다.

누구에게나 친숙한 소재를 활용한 이런 작품을 팝 아트라고 해요. 팝 아트의 물결은 1960년대 초반부터 미국 미술계에 강하게 몰아칩니다. 그 전에는 추상 표현주의라는 미술 사조가 유행했는데 작품을 보고 이해하기가 아주 어려웠다고 해요. 추상 표현주의 작품에 고개를 갸웃거리던 사람들은 너무나 친숙한 소재를 활용한 팝 아트 작품을 보고 열광했지요.

캠벨 수프 포장지로 작품을 만들었던 앤디 워홀은 팝 아트의 교황으로 불렸어요. 워홀은 작품의 소재를 슈퍼마켓이나 대중 잡지에서 찾아 판화로 찍은 다음 반복해서 나열했습니다. 워홀이 사용했던 이미지 가운데에는 당시 가장 유명한 여배우였던 마릴린 먼로의 사진도 있습니다.

진짜 공룡처럼 커진 둘리를 상상해 봐!

어디서나 쉽게 볼 수 있는 이미지가 작품으로 탈바꿈한 것을 보고 사람들은 신선한 충격을 받았어요. 늘 보던 것이지만 반복하거나 확대하니 새롭게 보였지요.

그동안 사람들은 미술이 심오한 활동이라는 생각을 갖고 있었어요. 하지만 팝 아트 화가들의 생각은 달랐지요. 특히 워홀은 미술을 오락적인 '상품'과 다름없다고 말했어요. 그는 미술이 미술관에서 나와 일상생활 속으로 뛰어들어야 한다고 주장했습니다.

팝 아트의 또 다른 중요한 소재 가운데 하나가 만화예요. 여러분은 만화를 좋아하나요? 왜 좋아하죠? 아마도 이해하기 쉽고, 재미있고, 빠르게 읽을 수 있는 등 여러 가지 이유가 있겠지요. 이유가 어찌 되었든 우리는 만화를 친숙하게 여기고 좋아합니다. 이런 만화를 아주 크게 그려서 작품을 만들면 어떤 느낌이 들까요?

또 다른 팝 아트 작가인 리히텐슈타인은 만화의 한 장면을 광고 게시판 크기로 크게 확대하여 표현했어요. 마냥 어렵게만 여겨지는 미술에 대한 생각에 도전한 것이지요. 너무나도 익숙한 만화지만, 크게 확대해서 보면 오히려 완전히 새롭게 보입니다. 마치 아기 공룡 둘리를 크게 그려서 작품으로 만든 것과 마찬가지예요. 그러면 둘리가 갑자기 낯설어 보이지 않겠어요?

만화뿐이 아닙니다. 여러분이 사용하는 수저나 운동화가 100배 정도로 커진 모습을 상상해 보세요. 더 이상 익숙한 물건처럼 보이지 않을 거예요. 팝 아트 작가 가운데 올덴버그라는 미술가는 우리가 즐겨 먹는 햄버거나 아이스크림을 크게 조각 작품으로 만들어서 관객들이 주변의 일상용품을 새롭게 볼 수 있도록 했답니다.

미술도 파는 상품처럼 만들 수 있다고?

이처럼 팝 아트 작가들이 작품에 활용한 코카콜라, 햄버거, 만화, 엘비스 프레슬리, 마릴린 먼로 등과 같은 친숙한 이미지들은 대량 소비 시대의 산물이에요. '대량 소비'는 공장에서 한꺼번에 대량으로 만들어진 제품을 사용한다는 뜻이에요. 이런 제품은 구하기 쉽고 편리하지만 대신 모두 똑같기 때문에 개성이 사라진다는 단점도 가지고 있습니다. 그 때문에 팝 아트 작가들의 작품은 현대의 소비문화를 찬미하는 동시에 비판한 것이라고 볼 수 있지요.

어쨌든 이러한 소재들은 무엇보다도 대중에게 익숙한 것이라는 특징을 갖고 있습니다. 빛나고 선명한 색채, 분명한 선, 크게 확대되거나 반복되는 이미지, 기계로 찍어 낸 것 같은 질감 등을 지니고 있어서 어디에서나 알아볼 수 있고, 또 누구나 쉽게 이해할 수 있어요. 팝 아트 작가들이 대중에게 인기를 모은 것은 어렵지 않게 미술을 즐길 수 있는 기회를 통해 색다른 재미를 주었기 때문입니다.

팝 아트 작가들에게 미술은 소수의 사람들이 즐기는 신성한 예술 활동이 아니었어요. 이들은 미술을 오락으로 취급하고 마치 상품처럼 제공하여 오히려 미술의 새로운 장을 열었습니다.

작가 소개

전성수

서울교육대학교와 서울대학교 대학원, 한국교원대학교 대학원에서 미술교육학을 공부했습니다. 그 뒤 홍익대학교 대학원에서 미술교육학 박사 학위를 받았습니다. 지은 책으로 《야! 미술이 보인다》《재미있는 미술 감상 수업》《함께 배우는 우리 미술》《복수당하는 부모들》 등이 있습니다. 2017년 12월 세상을 떠나기 전까지 한국마음치유연구소 자문 위원, 한국미술교육학회 편집 위원장, 한국초등미술교육학회 이사, 부천대학교 유아교육학과 교수 등을 역임했습니다.

〈채식주의자라는 이름으로〉

목소리

김윤경

"…… 다들 내가 목소리에 콤플렉스가 있을 것이라고 생각을 한다. 그래서 가끔 사람들이 목소리로 인한 스트레스는 없냐고 물어보는데 그럴 때마다 나는 오히려 내 허스키한 목소리에 고마움을 느낀다고 말한다…… 나는 얼굴에 별다른 특징이 없기 때문에 사람들은 나를 기억할 때에 대부분 목소리로 기억했다."

-본문 중에서

중학교를 막 졸업한 겨울 방학, 집에서 컴퓨터를 하고 있다가 전화벨 소리가 울려 무심결에 전화를 받았다. 온라인 교육 업체의 광고 전화였는데, '내가 언제 전화번호를 적어 줬지?'라고 생각하며 나는 아무 생각 없이 대답하고 있었다. 흔히 그렇듯이 신학기를 맞이하여 무료 행사를 한다며 사이트에 꼭 한번 접속해 보라는 것이었다. 그렇게 통화가 이어지고 있다가 그분께서 한마디 하셨다.

"근데 나는 학생 이름만 보고 여학생인 줄 알았는데 남학생이네."

잠시 동안의 침묵.

"아, 네……."

순간의 당황함 때문에 바로 아니라고는 말씀드리지 못하고 대화를 이어 나갔다. 이어서 그분이 고등학교는 어디에 배정받았냐고 하셨다. 지금 와서 "경주여고예요."라고 하면 왠지 그분이 무안하실 것 같아서 망설이다가 '경주고등학교'에 배정받았다고 말씀드렸다. 그러자 중학교 때 열심히 했다고 칭찬해 주시면서 나중에 어머니와 한번 통화를 한다고 하셨다. 일부러 목소리를 낮게 깔지도 않았는데 남자처럼 들리다니…… 지금 생각해 보면 웃음이 막 나오지만 그때는 '살짝' 충격을 먹었다.

사실, 나는 어릴 때부터 여성스러운 목소리와는 거리가 먼 굵고 낮은 목소리 때문에 이와 같은 비슷한 일이 셀 수 없을 정도로 많았다. 목소리도 큰 편이기 때문에, 친구와 길거리를 지나다니다가 말을 하면 놀란 눈으로 쳐다보는 사람들도 많았다. 학교나 캠프에서 연극이나 역할극을 할 때 굳이 힘들여서 남자 목소리를 내지 않아도 된다는 이유로 나는 항상 '남자' 역이었다.

게다가, 전화할 때의 내 목소리는 평소 때보다 더 허스키하기 때문에 전화를 하면 친구들은 남자로 오해해서 놀란 목소리로 전화를 받았고, 동생이 초등학교에 입학하고 나서는 친척들도 나와 내 동생의 목소리를 제대로 구별하지 못했다. 하루는 어머니의 지인이 나와 통화를 하신 후 나중에 어머니를 뵙고 이렇게 말씀하셨다고 한다.

“아, 저번에 그 집 아들내미가 전화를 참 잘 받데요.”라고.

뿐만 아니라, 동생 친구들이나 학원 선생님에게서 온 전화를 받으면 대부분 나를 형, 심하면 아빠로 여기는 경우가 많았다. 친구 집에 전화를 할 때면 난 항상 그 아이의 남자 친구였다. 목소리가 특이하다는 말을 많이 들어서 하루는 내가 장난삼아 친구에게 물었다.

“야, 내 목소리가 많이 특이하냐?”

“응…… 남자면 평범한데 니가 여자라서.”

이쯤 되면, 다들 내가 목소리에 콤플렉스가 있을 것이라고 생각을 한다. 그래서 가끔 사람들이 목소리로 인한 스트레스는 없냐고 물어보는데 그럴 때마다 나는 오히려 내 허스키한 목소리에 고마움을 느낀다고 말한다.

왜냐하면 친구들과 얘기를 할 때 내 목소리에 관한 재미있는 에피소드를 들려주어 분위기를 좋게 할 수도 있었고, 처음 만나는 아이들과는 목소리 덕분에 더 친해질 수도 있었다. 게다가, 나는 얼굴에 별다른 특징이 없기 때문에 사람들은 나를 기억할 때에 대부분 목소리로 기억했다. ‘허스키한 목소리를 가진 아이’로. 그 덕분에 학교 주변의 빵집 아르바이트 언니와 서점 아저씨와는 아는 사이가 되었다.

얼마 전, 나와 비슷하게 허스키한 목소리를 가지고 있다고 고민하는 여자아이가 인터넷에 상담해 달라는 글을 올려놓은 걸 발견했다. 그 밑에 적혀 있던 답변은 '나중에 성대 수술하세요.'였는데 나는 다른 답변을 해 주고 싶었다.

'허스키한 목소리가 고민이 될 수도 있겠지만, 그 목소리 덕분에 네가 다른 사람들에게는 좀 더 특별하고 기억에 남는 사람이 될 수 있다.'라고…….

작가 소개

김윤경

《채식주의자라는 이름으로》에 있는 〈목소리〉는 김윤경이라는 학생이 쓴 수필입니다.

〈살아 있는 과학 교과서 1〉

남극과 북극, 어떤 점에서 다를까?

고현덕 외

2003년 12월 6일, 너무나도 차디찬 남극의 바다에서 스물일곱 살 청년 전재규 세종 기지 대원이 숨을 거두었다. 한 젊은이의 안타까운 죽음은 우리나라 남극 탐험의 교두보인 세종 기지에 대한 국민의 관심을 불러일으키기도 하였다.

1년 내내 매서운 혹한의 바람으로 뒤덮인 곳, 사방을 둘러보아도 끝없이 펼쳐진 얼음만 보이는 그곳에서 우리의 젊은 과학자들은 극지 환경 연구 및 지구 환경 변화 연구를 위해 노력하고 있다.

지구상에서의 다양한 열 순환에도 불구하고 따뜻한 태양 복사 에너지를 넉넉하게 받지 못한 소외된 땅이 바로 남극과 북극이다. 이 두 지역은 겉으로는 비슷해 보이지만 서로 전혀 다른 특징을 가지고 있다.

남극은 대륙이지만 북극은 대륙이 아니다. 오랜 세월에 걸쳐 쌓인 눈은 자체의 압력으로 단단하게 굳어졌다. 이렇게 해서 생긴 두께 2km에 이르는 거대한 얼음덩어리가 98%가량을 덮고 있는 곳이 남극이다. 하지만 그 아래쪽은 면적이 1,360km^2로써 한반도의 60배에 달하는 거대한 땅덩어리이다. 지구 상의 7대 대륙 중 다섯 번째 크기의 대륙이다. 오래된 운석이 발견되는 것으로 보아 남극 대륙에는 오래전 지표의 모습을 확인할 수 있는 천연의 자료들이 보관되어 있을 것으로 추정된다.

반면에 북극은 아시아와 아메리카 대륙으로 둘러싸인 거대한 북극해를 말한다. 북극해는 면적이 1400만km^2로 지중해의 6배이며, 전 세계 바다의 3%를 차지한다. 북극은 이 북극해 주변의 바닷물이 얼어서 된 거대한 얼음덩어리가 떠 있는 것에 불과하다. 물론 해수면 위로 보이는 빙하는 전체 얼음덩어리의 10% 정도에 불과하다. '빙산의 일각'이라는 표현은 여기에서 나온 것이다. 이처럼 서로 다른 지역적 특징은 두 지역의 기후 조건에도 많은 영향을 미치고 있다.

남극과 북극 가운데 어디가 더 추울까? 남극이 훨씬 춥다. 북극은 주변에 있는 바다와 저위도에서 흘러 들어오는 따뜻한 해류의 영향을 받는다. 얼음덩어리에 비해 상대적으로 온도가 높은 바다에서 상승하는 따뜻한 공기의 흐름으로 겨울에는 최저 영하 30~40℃까지 내려가지만, 여름에는 영상 10℃ 정도로 비교적 따뜻한 편이다. 한편, 남극은 가열과 냉각이 쉽게 이루어지는 지각이 아래쪽에 있기 때문에 한겨울에 해당하는 8월 말 무렵이면 내륙의 고원 지대에서는 기온이 영하 70℃ 가까이 내려간다고 한다. 역사상 최저 기온은 영하 89℃였다. 또한 북극에는 이누이트인들이 거주하고 있지만, 남극에는 연구를 목적으로 거주하는 사람들 외에는 원주민이 없다. 남극의 혹한을 견뎌 내기가 그만큼 어렵기 때문이다.

또한 펭귄은 남극에서 볼 수 있고 북극곰은 북극에서만 산다. 왜 펭귄은 남극에서만 살까? 펭귄은 여러 종이 있으며 대부분 남극을 비롯한 남반구에서 살고 있다. 주로 해안가에서 구멍을 파고 사는 펭귄들은 작은 돌조각들을 이용하여 둥지를 만든다. 빙원에서 구할 수 있는 돌조각은 태양열을 흡수하거나 체온을 따뜻하게 유지시킬 수 있는 유일한 물질이다.

펭귄이 주로 남극에 살고 있는 이유는 남극이 아메리카 대륙에서 분리되기 전에 서식하던 조류의 일부가 추위에 적응하기 위해 현재의 펭귄으로 진화하였기 때문으로 보고 있다. 반면 북극곰이 북극에만 살게 된 것은 북극이 북반구의 대륙에서 가까운 곳이기 때문이다. 대륙에 살던 곰이 넘어가 살게 되었을 가능성이 매우 높다. 지금도 유빙을 타고 이동하는 북극곰이 있다고 하니 북극해 주변의 얼음덩어리는 북극곰의 이동 수단으로 볼 수 있다.

그렇다고 곰이 얼음덩어리를 타고 남극 대륙까지 갈 수는 없었지만 펭귄 같은 조류는 상대적으로 남극 대륙으로 이동하기가 더 쉬웠다. 그래서 북극곰은 있지만 남극곰은 없고, 남극 펭귄은 있지만 북극 펭귄은 없는 것이다.

보통 100m 깊이의 얼음이 만들어지려면, 1,000년의 긴 세월이 필요하기 때문에 지금의 남극의 얼음이 되기까지 약 10만 년이 걸렸을 것으로 보고 있다. 현재 남극 대륙의 얼음은 전 지구상의 얼음 중 90%가량을 차지하고 있으며 두꺼운 얼음층은 지구 기록에 대한 냉동 창고의 역할을 하고 있다.

작가 소개

고현덕

서울대학교 사범대학 지구과학교육학과 졸업, 건국대학교 대학원에서 영재교육학을 공부하고 서울의 한 중학교에서 학생들을 가르치며 건국대학교 교육학과 겸임 교수와 한국교육개발원 객원 연구 위원으로 활동하고 있습니다. 1998년부터 4년 동안 교육방송에 출강하였으며 중학교 교과서를 비롯해 과학 전집, 수준별 학습 자료 등을 집필하였습니다. 함께 쓴 책으로 고등학교 과학 교과서와 《살아 있는 과학 교과서》 등이 있습니다.

홍준의

서울대학교 사범대학 생물교육학과, 한국교원대학교 대학원 생물교육학과 박사 과정을 졸업하였습니다. 현재 서원대학교 사범대학 생물교육학과 교수로 과학의 대중화와 세계화를 꿈꾸며 과학 교육 활동을 하고 있습니다. 함께 쓴 책으로 고등학교 생물 교과서를 비롯해 《과학 선생님, 독일 가다》 《체육 시간에 과학 공부하기》 등이 있습니다.

김태일

서울대학교 사범대학 물리교육학과를 졸업하고, 일본 문부성 초청으로 오사카대학과 나라교육대학에서 연구한 뒤, 대학원에서 물리교육학을 공부했습니다. 중학교 교과서를 비롯해 여러 권의 학습서와 《과학 선생님, 영국 가다》 등을 집필하였습니다.

최후남

서울대학교 사범대학 화학교육학과, 동 대학원 과학교육학과를 졸업하였습니다. 서울시 교육청 장학사, 서울교육연구정보원 교육연구사, 학력평가와 학업성취도평가 문항 출제 및 검토 위원으로 활동했습니다. 현재는 서울의 한 고등학교에서 교감 선생님으로 있습니다. 중학교 교과서를 비롯해 여러 권의 학습서를 집필하였습니다.

〈모두를 위한 환경 개념 사전〉

공정 여행

김희경 외

개념 사전

여행지의 제대로 된 문화를 소비하고, 그 이익은 현지 주민들에게 돌아가도록 하는 형태의 여행을 뜻한다.

공정 무역이 생산자와 소비자가 공정한 관계를 맺는 것이라면, 공정 여행은 여행객과 여행지의 현지민이 공평한 관계를 맺는 여행이다. 유사한 의미로 착한 여행, 책임 여행, 윤리적 여행, 생태 관광, 지속 가능한 여행 등이 있다.

사용 예

"공정 여행은 사람과 자연을 모두 배려해야 하는 여행이야. 그러니 공정 여행을 하는 사람들은 마음까지 착해질 수밖에!"

아프리카 케냐의 어느 해안 마을, 아름다운 풍광으로 소문이 나면서 관광객들이 조금씩 늘어나더니 어느새 리조트들이 들어서기 시작했다. 그러자 연안에서 고기를 잡으며 생활하던 가난한 어부들은 바다의 아름다운 경관을 해친다는 이유로, 또 사유지를 침범한다는 이유로 일자리를 잃게 되었다. 삶의 터전을 잃고 생계를 유지할 수 없게 된 사람들은 어쩔 수 없이 마을을 떠나야 했다.

주민들 중에 몇몇은 자신들의 삶의 터전 위에 들어선 리조트나 호텔에서 일자리를 얻기도 했다. 이들은 주로 청소나 빨래, 서빙, 마사지 등의 힘든 일을 하지만, 하루에 받는 급여는 우리나라 돈으로 몇천 원이 채 안 된다. 하루하루 살아가기 힘들어진 사람들은 이제 호텔에서 버린 음식으로 끼니를 때우기도 한다.

지구 마을 시대의 빛과 그림자

현대 사회는 '지구 마을'이라는 말처럼, 비행기로 몇 시간이나 멀리 떨어진 나라마저 가깝게 느껴질 정도로 국제화되었다. 점점 더 많은 사람이 이런저런 이유로 국경을 넘어 오가면서 다양한 국적의 사람들을 만나고, 다양한 언어와 문화를 경험할 기회를 얻고 있다. 사업차 출장을 가는 사람들도 있고, 호기심에 낯선 문화를 접하려는 사람들도 있으며, 골프나 쇼핑, 관광을 통해 즐거움을 얻으려는 사람들도 국경을 넘는다. 또 어떤 사람들은 국제 봉사 활동에 참여하기 위해 국경을 넘기도 한다.

국제화가 되면서 사람들은 지구 마을 시민으로서 함께 살아가는 법과 다른 문화를 배우기도 하지만, 부작용도 만만치 않다. 앞에서 살펴본 아프리카 케냐의 경우처럼 본의 아니게 현지 주민들의 생업을 빼앗거나 환경을 파괴시키기도 하고, 여행객 한 명당 하루 평균 3.5킬로그램의 쓰레기를 남기기도 한다. 또 아프리카 주민 30명이 쓰는 전기를 혼자 소비하고, 한 가족이 하루를 사는 데 필요한 물 20리터조차 구하기 힘든 지역에서 수영을 하고, 하루 한 시간밖에 전기를 쓸 수 없는 지역에서 에어컨을 펑펑 틀기도 한다.

이런 관광 산업의 폐해가 오늘날 지구 마을 시대의 그림자가 되고 있다. 왜, 어떻게 이런 일이 벌어지게 된 것일까?

환경을 파괴하는 굴뚝 없는 공장

지난 50년 동안 세계 인구는 두 배, 관광 인구는 서른여섯 배나 늘었다. 전 세계적으로 관광 산업에 종사하는 사람은 전체 노동 인구의 8.7퍼센트나 된다. 아름다운 해안으로 유명한 몰디브는 전체 인구의 83퍼센트가 관광 산업에 종사한다. 이제 관광 산업은 그야말로 거대한 산업으로 성장한 것이다.

관광 산업은 공장을 짓지 않고도 외화를 벌어들일 수 있기 때문에 다른 산업에 비해 환경 피해가 적고, 자연 자원을 그대로 이용할 수 있기 때문에 잘사는 나라든 못사는 나라든 투자할 만한 사업이다. 오죽하면 관광 산업을 '굴뚝 없는 공장'이라고 불렀을까. 하지만 현실은 어떨까?

여행객들이 늘어나자 무분별한 개발이 계속되면서 아름다운 자연이 파괴되고 있다. 경관이 아름다운 곳이면 어김없이 리조트나 호텔, 쇼핑몰, 골프장들이 빼곡히 들어선다. 사람들의 호기심과 시각적인 즐거움을 위해 아무런 거리낌 없이 파괴된 자연환경은 쉽게 되돌리기 어렵다.

여행객들이 현지에서 사용하고 버리는 쓰레기도 만만치 않다. 앞서 이야기한 것처럼 여행객들은 하루 평균 3.5킬로그램을 현지에 남겨 두고 온다. 게다가 기후 변화 문제가 심각해지면서 여행객을 실어 나르는 비행기도 문제가 되고 있다. 비행기는 '이산화탄소를 생산하는 거대한 공룡'이라는 별명을 가지고 있다. 그도 그럴 것이 승객 1인당 발생하는 이산화탄소 배출량을 살펴보면 1킬로미터당 철도 21.7그램, 지하철 38.1그램인 데 비해, 도로 130.8그램, 항공은 150그램으로 월등히 높다. 그렇기 때문에 장거리 여행을 떠나기 위해 비행기에 오르는 순간 환경에 미치는 영향은 심각해진다.

이미 지구는 너무 많은 이산화탄소 때문에 지구 온난화 같은 심각한 문제들을 겪고 있다. 이대로 가다가는 지구가 더 이상 못 버틸 것이라는 전망이 지배적이다.

관광지에서 쓰는 돈은 어디로 갈까?

그럼에도 불구하고 사람들은 관광지가 개발되면 현지 지역 경제에 도움을 줄 것이라고 예상한다. 결론부터 얘기하자면 전혀 그렇지 않다. 관광 산업은 매년 10퍼센트씩 성장하고 있지만, 관광객들이 쓰고 가는 돈 중에서 현지 주민들에게 돌아가는 몫은 얼마 되지 않기 때문이다. 영국의 공정 여행 단체인 '투어리즘 컨선(Tourism Concern)'에 따르면 아프리카, 남미, 아시아 등을 여행하는 사람들이 쓰는 돈 중에서 현지 주민에 돌아가는 경제적 이익은 고작 1~2퍼센트에 불과하고, 70~85퍼센트는 선진국의 큰손들이 가져간다. 호텔, 여행사, 리조트, 관광 회사, 프랜차이즈 식당 등은 대부분 다국적 기업이 소유하고 있고, 개발 도상국*일수록 그 비율이 더 크기 때문이다. 잘 생각해 보면 여러분이 이용하는 호텔이나 리조트는 대부분 다국적 체인인 경우가 많다. 관광객들은 그곳에서 수입 맥주나 코카콜라를 마시고, 수입 과일을 먹는다.

이렇게 우리가 여행에서 쓰는 돈은 대부분 가난한 휴양지에 머물지 않고 밖으로 빠져나가 서구 국가로 흘러든다. 세계은행* 자료에 따르면, 개발 도상국에서 지출되는 여행 경비 1파운드 가운데 55펜스가 다시 서구 국가로 되돌아간다. 인도의 경우 이런 비율이 40퍼센트에 이르고, 코스타리카는 45퍼센트, 태국은 60퍼센트, 케냐와 네팔은 70퍼센트에 이른다. 〈유엔 인권 보고서〉에 따르면 국민의 83퍼센트가 관광 산업에 종사하는 몰디브는 관광지

*개발 도상국: 산업의 근대화와 경제 개발이 선진국에 비하여 뒤떨어진 나라. 제2차 세계 대전 후 독립한 아시아·아프리카·중남미의 여러 나라가 이에 속하며, 과거에는 후진국이라 불렸다.

*세계은행: 제2차 세계 대전 이후, 무너진 경제를 다시 일으키고 개발 도상국을 발전시키기 위하여 설립한 국제 은행

로 개발된 지 30년이 지났지만, 국민의 42퍼센트는 하루에 1달러도 안 되는 돈으로 생활하고 있으며, 30퍼센트의 어린이가 기아에 허덕이는 것이 현실이다. 잘못된 관광 산업으로 고통받는 것은 사람들뿐만이 아니다. 태국이나 네팔의 코끼리들은 관광객들을 위해 50년 동안이나 혹사당하고 있다.

여행자와 현지인, 지구가 모두 즐거운 착한 여행

그렇다면 우리 모두 여행을 포기해야 하는 것일까? 여행의 부정적인 면만 보자면 당연히 그래야 하겠지만, 긍정적인 측면도 무시할 수는 없다. 그래서 환경을 지키면서 여행을 즐기고 싶은 다양한 사람들이 모여 여행지를 터전으로 살아가는 사람들과 그곳의 환경을 생각하는 대안적인 여행을 고민하기 시작했다. 누군가의 편안한 여행을 위해 모른 척 눈감았던 불편한 진실을 더는 되풀이하지 않기 위해서 말이다. 그들은 여행하는 동안 발생할 수 있는 환경 파괴를 최대한 줄이고, 여행지에서 지불한 비용이 현지인들에게 돌아갈 수 있도록 하는 여행을 제안했다. 바로 '공정 여행'이다.

공정 여행을 위해서는 엄청난 양의 화석 연료로 지구 온난화를 불러일으키는 비행기를 최소한만 이용한다. 그 대신 버스나 트레킹(Trekking)* 같은 방법을 선택하여 여행지의 아름다운 풍경을 최대한 느끼는 것이다. 느긋하게 천천히 걸으면서 하는 여행이니만

*트레킹: 정해진 목적지 없이 즐기는 도보 여행 또는 산의 풍광을 즐기는 가벼운 산행을 뜻한다.

큼 보고 느끼는 것이 많을 수밖에 없다.

또 현지인들의 삶을 무너뜨리고, 그들의 노동력으로 운영되는 리조트나 호텔 대신 현지인들이 제공하는 숙소를 이용하고 현지인들이 직접 해 주는 음식을 먹는다. 바람직한 여행은 타 문화에 대한 이해와 배려, 새로운 경험을 할 수 있는 소중한 체험의 기회이기 때문이다.

그리고 이러한 공정 여행은 세계 거대 여행 사업체들에게 돌아가는 돈을 최대한 현지인들에게 돌아갈 수 있도록 한다. 즉 내 며칠간의 행복한 여행을 위해 자연 자원을 제공해 주고 수고해 주는 현지인들에게 그에 맞는 대가를 지불하는 것이다.

이처럼 여행은 단순한 재미나 놀이가 아니라 낯선 문화와 사람들, 환경과의 '관계 맺음'이다. 바람직한 여행의 모습은 이 관계를 지속할 수 있는 있는 여행이어야 한다.

이렇게 기존 관광 산업의 폐해를 인식하고, 그 대안으로 제시된 공정 여행은 다양한 이름으로 불리며 전 세계로 번져 나가기 시작했다. 여행자의 사회적 책임을 강조하는 '책임 여행', 여행자의 윤리적 책무를 강조하는 '윤리적 여행', 환경 보호를 강조하는 '생태 관광', 지속 가능성을 강조하는 '지속 가능한 여행' 등이 그것이다. 이들은 모두 여행자와 현지인들에게 공평하고, 환경을 생각하며, 지속 가능한 사회를 지향한다는 공통점이 있다.

공정 여행자가 되기 위한 10계명

그렇다면 공정 여행자가 되려면 어떻게 해야 할까? 우리나라 공정 여행 단체인 '이매진피스(Imaginepeace)'는 공정 여행에서 가장 중요한 것은 '어디로 떠나느냐'가 아니라 '어떻게 떠나느냐'라고 강조한다. 공정 여행자가 되고 싶다면 이들이 제시한 다음 열 가지 방법을 기억하자.

첫째는 환경을 파괴하지 않는 여행이다. 비행기 이용과 일회용품 사용, 물 낭비 등을 최대한 줄이자는 것이다. 둘째는 동식물을 돌보는 여행이다. 공정 여행자들은 길 위에서 만나는 모든 생명을 존중하는 것을 원칙으로 한다. 셋째는 성매매 등 다른 사람의 삶을 파괴하지 않는 여행이다. 넷째는 지역 경제에 도움이 되는 여행이다. 이를 위해서는 현지인들이 운영하는 음식점이나 숙소, 교통을 이용하면 된다. 다섯째는 윤리적으로 소비하는 여행이다. 지나친 할인을 요구하거나 과도한 쇼핑을 하지 않으면 된다. 여섯째는 관계를 맺는 여행이다. 현지의 언어와 노래, 춤 등을 배우고, 여행을 통해 만나는 사람들에게 줄 작은 선물을 준비하는 등 서로 친구가 되기 위해 노력하는 것도 중요한 일이다. 일곱째는 사람과 문화를 존중하는 여행이다. 현지인들의 생활 양식이나 종교 등 그들만의 문화를 존중하고, 그에 대한 예의를 갖추어야 한다. 여덟째는 고마움을 표현하는 여행이다. "고맙습니다." "미안합니다." 하고 말할 줄 알아야 한다. 사진을 찍을 때는 먼저 허락을 구하고, 약속을 꼭 지키는 것도 중요하다. 아홉째는 기부하는 여행이다. 여행 경비의

1퍼센트는 현지의 단체에 기부하자. 이것은 적선이 아니라 기부이다. 마지막 열째는 행동하는 여행이다. 현지에서 비윤리적인 일이나 부당한 일을 접했다면 단호하게 항의하고 거부해야 한다.

사실 조금만 생각해 보면 그리 어렵지 않은 일들이다. 누군가에겐 한 번 지나치는 여행지이지만, 어떤 사람들에겐 삶의 터전임을 잊지 말자. 개념 있는 공정 여행자가 늘어날수록 여행이 주는 즐거움도 커질 수 있다.

작가 소개

기획자: (사)환경교육센터

2000년에 설립된 국내 최초의 환경교육 전문 기관입니다. 환경교육의 대중화와 체계화를 위해 대상별, 주제별 환경교육 프로그램을 운영하며, 환경교육 지도자 양성과 환경교육 교재 및 교구 개발·보급, 환경교육 연구 및 정책 수립에 힘쓰고 있습니다. 사회적 약자나 자연 소외 계층, 특히 아시아의 교육 소외 계층과 공감하고 배려하는 환경교육으로 지평을 확대하기 위해 '모두를 위한 환경교육연구소(EEFARI, '이파리')'를 설립하였습니다.

글: 김희경

서울대학교 대학원에서 환경교육학을 전공하고, 에코맘을 주제로 박사 학위를 받은 뒤 지금은 한국교원대학교 박사 후 연구원으로 활동하며 평생에 걸친 환경교육을 연구하고 있습니다. 우리 사회가 보다 생태적인 사회가 되기를 바라며, 스스로 생태 시민의 삶을 살기 위해 노력하고자 합니다.

글: 신지혜

서울대학교 대학원에서 환경교육학을 전공하고, 환경 네이밍을 주제로 박사 학위를 받았습니다. 지금은 명지대학교에서 학생들을 가르치며, 자연과 환경을 대하는 사람들의 생각과 방식을 바꾸기 위해 다양한 환경 분야의 문제 및 해결 방안에 대해서 폭넓게 공부하고, 어른에게까지 통하는 환경교육에 대해서 고민하고 있습니다.

글: 장미정

서울대학교 대학원에서 환경교육학을 전공하고, 환경교육가를 주제로 박사 학위를 받았습니다. 지금은 환경교육 전문 기관인 (사)환경교육센터에서 일하고 있습니다. 지은 책으로는 《환경운동과 생활세계》《지구사용설명서 1, 2》《깨끗한 물이 되어 줘!》《맑은 공기가 필요해!》《환경교육운동가를 만나다》 등이 있고, 옮긴 책으로 《내 친구, 지구를 지켜 줘!》《북극곰 윈스턴, 지구 온난화에 맞서다!》《쓰레기 아줌마와 샌디의 생태발자국》 등이 있습니다.

〈조선 시대 옷장을 열다〉

군사들에게 종이옷을 보낸 인조

조희진

추운 겨울 새벽이었습니다. 방 안에서 내관을 부르는 소리가 들렸습니다.

"인아, 밖에 있느냐?"

"예, 전하. 이 새벽에 어찌 깨어 계십니까?"

"바깥 날씨가 어떠하냐?"

"바람이 심하게 불고 어젯밤 시작된 눈이 계속 내리고 있사옵니다."

"도성의 날씨가 점차 추워지니 변방은 필시 갑절이나 더 추울 것이다. 서쪽 변방을 지키는 장졸들이 염려스러워 잠이 오지 않는다."

"하지만 전하, 아직 이른 새벽이옵니다. 조금 더 주무셔야 하지 않겠나이까?"

내관 김인의 청에도 인조는 아랑곳하지 않고 말했습니다.

"불을 밝히라. 책이라도 읽다가 잠을 청할 것이다."

하지만 인조의 방에서는 새벽까지 불이 꺼지지 않았습니다.

아침이 되자, 인조는 곧 도승지를 불러오라 명했습니다. 그리고 말했습니다.

"변방에는 두꺼운 얼음이 얼어 추위와 굶주림을 견디기 어려운데, 병사들이 춥고 의지할 곳이 없으니 두려운 마음이 생기기 쉬울 것이다. 적들의 칼날을 마주치기도 전에 고달픔이 이와 같으니 백성의 부모 된 처지에 어찌 이를 측은하게 여기지 않겠는가."

"예, 전하. 그 말씀이 타당하옵니다."

도승지가 한 손에 붓을 쥔 채 대답했습니다.

"도승지는 받아 적으라. 서쪽 변방을 지키느라 고생하는 장수와 병사들을 헤아려 등급을 나눈 다음, 비단과 명주 같은 옷감을 주어 나의 마음을 전하도록 하라. 그리고 군졸들에게도 솜옷, 개가죽으로 만든 갖옷, 종이옷을 고르게 나누어 주고 그들이 조정의 지극한 뜻을 저버리지 않도록 각별히 보살피라고 비변사와 병조, 호조에 전하라."

인조의 명이 떨어지자 도승지는 비변사와 병조, 호조에 명을 전하기 위해 서둘러 일어났고, 인조는 그 모든 일을 바삐 서둘러야 한다는 당부를 덧붙였습니다.

조선의 제16대 왕 인조는 어느 눈 내리는 겨울날, 서북 변방을 지키는 군사들의 겨울 준비를 어떻게 도와야 할지 고민하느라 잠을 설쳤나 봅니다. 그리고 생각 끝에 방한용 옷을 마련해서 서둘러 보내라 명했던 것이지요. 그런데 그가 보낸다고 했던 옷을 가만히 보니, 전혀 추위에 도움이 되지 않을 것 같은 물건이 하나 있습니다. 솜을 넣어 만든 두툼한 솜옷과 짐승의 가죽으로 만든 갖옷은 겨울을 나는 데 꼭 필요한 물건입니다. 하지만 '종이옷'이라니요! 얇은 종이로 추위를 막으라니, 이 무슨 해괴한 말일까요?

서북 변방은 한양보다 매서운 추위가 몰아닥치는 곳이라니, 국경을 지키는 군사들에게 솜옷은 꼭 필요한 물건이었을 것입니다. 개가죽으로 만든 갖옷 또한 마찬가지입니다. 비록 고급스러운 재료가 아니고 털이 짧긴 하지만, 그래도 모피이니 얇은 옷감보다는 훨씬 나았지요. 무명으로 만든 옷 위에 덧입으면 웬만한 추위쯤은 물리칠 수 있는 든든한 겨울옷이었을 것입니다.

그러나 스스로도 '갑절이나 추운 변방'이라 '측은'하다 해 놓고 인조는 군사 용품 목록에 버젓이 종이옷을 포함시켰습니다. 쉽게 찢어지고 물에도 약한 종이, 그 종이로 옷을 만들 수나 있는 걸까요? 또 종이옷을 만들어 보내면 군사들의 겨울 준비에 과연 도움이 되기는 했을까요? 여기서 우리의 고민도 깊어집니다. 하지만 그리 오래 걱정할 필요는 없습니다. 그 해답이 이제 곧 등장하니까요.

인조가 변방의 군사들에게 보내려 한 '종이옷'이란 우리의 상상처럼 종이를 오려 붙여 만든 옷이 아니라 '종이를 잘 활용한 옷'입니다. 즉 옷감과 옷감 사이에 종이를 넣어 만든 옷을 말하는 겁니다. 그런데 왜 옷감 사이에 종이를 넣느냐고요?

목화를 키우기 어려운 변방에서 군사들이 따뜻하게 겨울을 날 수 있을 만큼 많은 솜을 구하는 게 결코 쉬운 일이 아니었습니다.

변방이 아닐지라도 조선의 생산 환경 속에서 솜은 늘 부족하기 마련이었지요. 그런 상황에서 솜을 대신하고, 솜과 함께 썼을 때 그 효과를 최대로 높일 수 있는 재료가 바로 종이였습니다.

종이옷을 만드는 방법은 아주 간단합니다 옷감과 옷감 사이에 종이를 넣어 꿰매면 끝이지요. 비록 두툼한 솜만큼 따뜻하지는 않을지라도 옷감 사이에 종이를 넣어 꿰매 입으면, 옷감만으로 옷을 지었을 때보다 찬바람을 막는 효과가 한층 커집니다.

무엇보다도 이때 사용한 것은 닥나무로 만든 종이였기 때문에 쉽게 찢어지지 않을 뿐만 아니라 두께가 얇고 가벼워서 옷감 사이에 집어넣어도 전혀 불편함이 없었습니다. 솜을 아주 조금밖에 넣지 못할 때라도 종이와 함께 바느질하면 옷감과 종이, 솜이 서로 겹쳐져서 더욱 효과적으로 바람이 통하는 것을 막을 수 있었습니다. 그리고 이렇게 옷을 만들면 공기층이 여러 겹 생기기 때문에 두께가 얇아도 추위를 더욱 잘 막아 주는 옷이 됩니다.

그뿐만 아니라 솜과 종이, 옷감을 함께 바느질하면 종이의 거칠거칠한 표면 덕분에 마찰력이 생겨서 솜이 미끄러져 아래쪽으로 늘어지거나 떨어지는 것을 막을 수 있습니다. 종이의 이런 효능은 방한 용품이 턱없이 부족한 변방에서 군사들의 추위를 막는 데 아주 큰 도움이 되었지요.

하지만 아직 감탄하기에는 이릅니다. 이렇게 군사들을 따뜻하게 하는 데 도움이 된 종이에 숨은 비밀이 하나 더 있으니까요. 어떤 비밀이냐고요?

예전에는 솜만큼이나 귀한 것이 종이였습니다. 그도 그럴 것이 종이를 만드는 과정에 많은 정성과 노고가 필요했으니까요. 종이를 만들기 위해서는 우선 닥나무를 베어 커다란 솥에 넣고 쪄서 겉껍질을 모두 벗겨 내야 했습니다. 그리고 고운 속껍질을 모아 잿물에 삶아서 한참 동안 불렸다가 맷돌로 곱게 갈거나 방망이로 두들겨 닥나무의 섬유를 잘게 찢었지요. 이것을 풀과 섞어 한 장, 한 장 대발로 종이를 떴습니다. 끝이냐고요? 천만에요! 물기를 빼고 뜨거운 돌 위에 얹어 한 장씩 말려야 비로소 종이 한 장을 얻을 수 있었습니다. 그러니 귀하기로 따진다면 옷감 못지않은 물건이 바로 종이였지요.

그 때문에 나랏일에 필요한 문서나 책을 만들 때를 제외하고는 새 종이를 마음껏 쓸 수가 없었습니다. 한 번 사용한 종이라도 잘 모아 두었다가 재활용하는 것은 습관처럼 당연한 일이었지요. 군사들에게 보낸 종이도 그런 재활용품인 '낙폭지'였습니다. 낙폭지란 과거 시험에 낙방한 사람의 답안지를 말합니다. 종이가 워낙 귀했던 때라 선비들의 답안지까지 분리수거해서 알뜰하게 사용한 것이지요. 먹물로 쓴 글자 때문에 다소 지저분해 보이긴 해도 종이의 성질은 그대로라서 옷감 안쪽에 넣는 데에는 아무런 문제가 없었습니다. 솜과 옷감, 털가죽과 각종 방한용 물자가 부족한 상황에서 낙폭지는 군사들을 조금이라도 따뜻하게 입히고 싶은 왕의 근심을 덜어 주는 고마운 재료였습니다.

과거 시험이 끝나면 조정에서는 낙폭지를 모두 모아서 제일 먼저 전쟁에 쓰이는 물자를 관리하는 군기감에 보냈습니다. 그리고 군기감에서는 군사들의 옷을 만드는 데에 알뜰하게 낙폭지를 재활용했습니다. 그러나 낙폭지의 양은 언제나 부족했습니다. 과거 시험이 자주 있지 않았던 탓도 있었지만 낙폭지를 탐내는 사람들이 무척 많았거든요. 실제로 과거 시험을 감독하는 감독관들이 낙폭지를 몰래 빼돌려 다른 곳에서 쓰는 일이 공공연하게 벌어졌습니다. 특히 광해군 때에는 이런 일이 여러 차례 적발되면서 시험장에 들어온 사람들의 수를 세어 감독관이나 운반하는 사람들이 낙폭지를 빼돌리지 않도록 단속하는 것이 좋겠다는 건의가 있을 정도였습니다.

이렇듯 사람들이 낙폭지를 빼돌린 것은 그 쓰임새가 무척 다양했기 때문입니다. 비록 한 번 사용한 종이지만 낙폭지는 벽이나 가구의 안쪽을 바를 때에도 요긴하게 쓰였고, 가늘고 길게 찢어서 꼬아 엮으면 바구니나 가방, 신발을 만드는 좋은 재료가 되었습니다. 종이의 성질이 치밀하고 질기기 때문에 가능한 일이었지요.

이렇게 일상생활에 쓰임이 많고 추위를 막는 데에도 탁월한 효과가 있다 보니, 낙폭지를 원하는 사람이 적지 않았고 시험을 감독한 감독관들조차도 그 욕심을 버리지 못했던 것입니다.

정묘호란이 일어난 해인 1627년 9월, 인조는 군사들의 겨울 채비를 위해 다시금 솜옷 오백 벌과 더불어 낙폭지 사백 장을 서북 변방에 보냈습니다. 이해에는 유독 추위가 심했던지 각 관아에 보관되어 있던 낙폭지를 비롯하여 지방 고을에서 올라온 장계와 상

소문 등 조정에서 따로 보관할 필요가 없는 종이까지 모두 보내어 군사들의 추위를 구제하라는 명을 내렸습니다. 그야말로 나라에서 구할 수 있는 모든 종이를 다 모아 보내려 했던 것이지요.

이유원이 쓴《임하필기》에는 이때의 일이 '종이와 솜으로 만든 옷의 시작'으로 기록되어 있습니다.

인조 5년 9월에 솜옷 오백 벌과 낙폭지 사백 장을 서쪽 변방의 군졸에게 내려보내고 해마다 그렇게 하도록 명하였다. 인조 17년에는 면포 사천 필과 목화 천오백 근을 함경남북도에 나누어 보내고 절도사로 하여금 군졸에게 주어 추울 때 입을 수 있도록 하였다. 이경석이 말하기를, "북쪽 사람들은 대마를 경작하는데 이번에 크게 흉년이 들었습니다. 목화와 목면을 이미 보냈습니다만, 우선 각 관아에 보관되어 있는 낙폭지와 기타 쓸만한 휴지, 지방에 올린 서류 중 답할 필요가 없는 것 등을 모두 보내야 합니다. 종이가 크건 작건 두껍건 얇건 논하지 말고 모두 보내는 것이 좋겠습니다. 또한 무사와 군졸 가운데 추위를 많이 타는 자들을 살펴 먼저 주도록 한다면 다행일 것입니다."라고 하였다.

조선의 역사와 정치, 일상생활을 담은《조선왕조실록》에서, 낙폭지로 만든 종이옷에 관한 기록은 외세의 침략에 반복적으로 시달렸던 시기에 유난히 자주 등장합니다. 선조부터 광해군, 인조에 이르기까지 여러 왕들이 겨울이 되면 어김없이 낙폭지를 구해 변방으로 보내어 군사들에 대한 고마움과 미안함, 안타까운 마음을 전하곤 했습니다.

아마도 임진왜란과 정유재란, 정묘호란과 병자호란 같은 외세의 침입 때문에 백성들과 함께 고난과 역경을 이겨 낸 왕들인지라, 나라를 지키는 군사들의 중요함과 백성들의 고마움을 더욱 간절히 느꼈던 것이겠지요. 그래서 그들은 군사들이 추위를 이기고 무사히 겨울을 보낼 수 있는 방법을 찾으려고 끊임없이 고심했을 것입니다.

그러니 낙폭지로 만든 종이옷은 변방을 지키는 군사들에 대한 왕의 마음을 담은 선물이자, 절박한 환경 속에서 추위를 이겨 내기 위해 수없이 고민한 결과로 탄생한 지혜의 산물인 셈입니다.

작가 소개

조희진

옛사람들의 삶과 문화, 역사를 우리 옷과 의생활을 통해 살펴보는 데 관심이 많은 젊은 학자입니다. 국립 안동대학교 의류학과와 동 대학원 민속학과를 졸업했고, 고려대학교 사회학과 박사 학위를 받았습니다. 현재 박물관에서 어린이 교육 기획 및 강의를 하고 있으며, 우리 문화를 널리 알리기 위한 글쓰기에 열중하고 있습니다. 지은 책으로는 《한국인, 어떤 옷을 입고 살았나》 《선비와 피어싱》 등이 있습니다.

〈세계 명작 속에 숨어 있는 과학 2〉

살아 돌아온 토끼의 생존 비법을 공개합니다

최원석

《별주부전》의 주인공은 재치 많은 토끼일 것 같지만 사실은 어수룩하고 충직한 신하인 별주부, 즉 자라입니다. 자라는 남해 용왕님의 병을 고치기 위해 토끼의 간을 구하러 육지로 나가고 꾀 많고 잘난 척 하는 토끼를 꼬여서 용궁으로 데려오게 됩니다. 그러나 용궁에 도착한 토끼는 자라가 용궁 구경을 시켜 주기 위해 자신을 데려온 것이 아니라 용왕님의 병을 치료하기 위해 잡아온 것이라는 사실을 알게 됩니다. 젊은 나이(?)에 이국땅에 와서 죽기는 너무도 억울했던 토끼는 자신의 간을 육지에 두고 왔다고 재치를 발휘해 육지로 돌아와 목숨을 건지게 됩니다. 토끼를 놓친 자라는 자신의 불충을 한탄하며 자살을 시도하려 하지만 자라의 충심에 감탄한 신령이 건네준 치료약을 받고 용궁으로 발길을 돌립니다.

《별주부전》은 판소리 《수궁가》에 이야기를 붙인 것으로 《토끼전》 《토의 간》 《토생원전》 등 여러 가지 이름으로 불리기도 합니다. 예전에는 달에 계수나무 한 그루와 함께 살던 토끼가 있었다면 요즘에는 인터넷에 살고 있는 엽기토끼가 네티즌의 사랑을 받습니다. 최근에는 용왕님의 병은 토끼가 아니라 요구르트를 통해 치료가 가능하다는 새로운 광고가 등장하기도 했습니다. 요구르트로 병을 고친 용왕이 잠수함을 타고 육지로 올라와 인터뷰를 하면서 한마디 합니다.

"이젠 토끼 끝이야."

폐로 숨쉬기 VS 허파로 숨쉬기

《별주부전》에는 뭔가 이상한 것이 있습니다. 눈치 못 채셨나요? 토끼가 깊은 물속에 있는 용궁까지 무사히 갔을 뿐만 아니라 용궁에서도 멀쩡히 살아서 용왕님을 알현합니다. 어떻게 육지에 사는 토끼가 물속에서도 멀쩡하게 살아 있는 것일까요? 혹시 스쿠버 토끼?

수중 환경은 분명 토끼에게 맞지 않습니다. 수중 환경이 생활에 적합했다면 바다사자나 바다코끼리와 함께 바다토끼도 있었을지도 모릅니다. 여하튼 이 토끼의 정체가 바다토끼가 아님은 분명해 보입니다.

물고기는 수중에서 살 수 있지만 토끼의 경우에는 물속에서 살 수 없습니다. 이는 물고기는 수중에서 호흡을 할 수 있지만 토끼는 그럴 수 없기 때문입니다. 그렇다면 물고기는 물속에서 호흡을 할 수 있는데, 토끼나 사람은 할 수 없는 이유는 무엇일까요? 그것은 물고기의 아가미는 물속에서 호흡을 하기에 적당한 구조로 되어 있고, 사람의 폐는 공기 중에서 호흡하기에 알맞게 되어 있기 때문입니다. 이는 당연한 이야기인데, 물은 공기에 비해 3~5% 정도의 산소밖에 없기 때문에 사람이 공기와 같은 양의 산소를 얻기 위해서는 200배나 많은 물을 들이마셔야 합니다. 이렇게 많은 양의 물을 마실 수 없기 때문에 물고기들은 수중에서 호흡하기에 적당한 기관인 아가미를 가지고 있는 것입니다. 아가미는 최대한 물에 많이 접촉할 수 있는 구조로 되어 있고, 항상 물이 한 방향으로 흘러 산소가 풍부한 물이 계속 공급됩니다. 입을 통해 들어온 물은 영양분과 산소가 걸러지면 아가미를 통해 배출됩니다. 금붕어들이 입을 뻐끔거리는 것도 신선한 물을 아가미로 많이 보내기 위한 일종의 펌프 작용입니다. 대부분의 물고기들이 이렇게 펌프 작용을 하지만 참치나 상어와 같은 일부 어류들은 입을 벌리고 계속 헤엄을 쳐서 신선한 물을 계속 아가미로 보내기도 합니다.

또한 신선한 물의 흐름과 더러운 피의 흐름이 서로 반대가 되어 산소의 흡수율을 최대로 높여 줍니다. 이것은 설거지를 할 때 더러운 그릇부터 먼저 더러운 물에 씻고 점점 깨끗한 물로 헹궈 나가는 것이 깨끗한 물로 먼저 세척하는 것보다 효율적인 것과 같은 원리입니다.

물고기의 경우 물이 풍부하기 때문에 아가미 표면을 촉촉하게 하는 데 에너지를 낭비할 필요가 없다는 것이 육지 동물에 비해 유리한 점이라 할 수 있습니다. 산소는 촉촉한 표면이라야 녹아서 흡수될 수 있는데, 육지 동물의 경우 폐를 항상 촉촉하게 하기 위해 많은 수분과 에너지를 사용합니다. 유리창에 입김을 불면 뿌옇게 흐려지는 것도 폐 속에서 나오는 공기에 따뜻한 습기가 많기 때문입니다. 다행히 물고기가 온혈 동물이 아니기 때문에 체온을 유지하는 데 많은 에너지가 필요하지는 않지만 덩치가 크거나 빨리 움직이는 물고기의 경우 호흡에 신경을 많이 써야 합니다.

그러나 물고기는 물 밖으로 나오면 산소가 훨씬 더 풍부할지라도 질식사를 당하게 됩니다. 이것은 물 밖에 나오면 아가미의 각 부분들이 붙어 버려 산소를 받아들일 수 있는 표면이 급격히 줄어들기 때문입니다.

반면 사람이나 토끼가 물속으로 들어갈 경우 산소가 부족하기 때문에 숨을 쉴 수 없습니다. 이는 사람이나 토끼 등의 포유류뿐만 아니라 자라와 같은 파충류도 마찬가지입니다. 이 때문에 자라나 거북이도 물 밖으로 나와서 숨을 쉽니다. 5분 이상을 물속에서 견디기 힘든 인간의 능력에 비하면 30분 이상 잠수하는 바다표범이나 고래와 같은 해양 동물의 능력은 놀랍습니다. 하지만 이들 동물은 오래 잠수를 하기 위해 폐 속에 공기를 가득 넣어 다니지는 않습니다. 만약 폐 속에 공기를 가득 넣기 위해 폐를 부풀리게 되면 부력이 커져서 잠수를 할 수 없기 때문입니다. 또한 심해로 깊이 잠수하는 고래의 경우 압력을 많이 받기 때문에 폐가 상할 수도 있고, 잠수병에 걸릴 수도 있습니다. 따라서 이들은 잠수를 할 때 폐 속에 공기를 집어넣는 것이 아니라 오히려 빼내면서 잠수를 합니다. 해양 동물들이 이렇게 오래 잠수를 할 수 있는 것은 사람에 비해 더 많은 산소를 몸에 저장할 수 있는 신체 구조를 가지고 있기 때문입니다. 근육 속에는 미오글로빈이라는 헤모글로빈과 비슷한 단백질이 있습니다. 이 미오글로빈은 산소를 저장하는 역할을 하는데, 해양 동물들은 사람보다 훨씬 더 많은 미오글로빈을 가지고 있기 때문에 산소 저장 능력이 뛰어나고 오랜 시간 잠수가 가능합니다. 더불어 해양 동물들은 산소 없이도 근육을 움직일 수 있는 등 산소 소비량을 최소화할 수 있습니다.

그렇다면 호흡은 왜 이토록 중요한 것일까요? 물고기뿐만 아니라 모든 생물들이 살아가기 위해서는 에너지가 필요합니다. 생물들은 먹이를 소화시키고 이것을 산화시켜서 에너지를 얻습니다. 산화의 과정에서 산소가 필요한데, 이것이 바로 생물들이 호흡을 해야 하는 이유입니다. 호흡을 할 수 없다면 에너지를 얻을 수 없게 되고, 에너지를 얻을 수 없다면 세포들은 죽게 되는 것입니다. 세포가 죽게 되면 여러분도 죽게 되는 것입니다.

바닷속 얼마나 깊은 곳까지 내려갈 수 있을까?

토끼가 용궁 구경을 하기 위해서는 호흡 외에도 해결해야 할 또 다른 문제가 있습니다. 바로 압력입니다. 인간도 토끼도 스쿠버 장비를 갖추면 물고기와 같이 바닷속을 다닐 수 있습니다. 하지만 산소를 공급받는다고 해서 무한정 바닷속으로 들어갈 수는 없습니다. 바로 압력 때문인데요. 미지의 세계 바다를 정복하기 위해 어떤 일들이 벌어졌는지 알아보지요.

잠수의 역사는 기원전 4500년경 메소포타미아 지방의 진주잡이로 거슬러 올라갑니다. 이후 인류는 잠수종과 같은 여러 가지 장비를 가지고 잠수를 하였고, 잠함(Caissons)을 만들어 수중에서 작업을 할 수 있게 되었습니다. 와트의 증기 기관에 의해 산업 혁명이 일어나고 철도가 유럽의 전역으로 뻗어 나가면서 강을 통과하기 위한 튼튼한 다리가 필요하게 되었습니다. 기차가 통과할 만큼 튼튼한 다리의 기초를 만들기 위해, 강바닥에서 노동자들이 작업을 할 수 있게 만든 것이 바로 잠함이었습니다. 잠함은 강철로 만든 종 모양의 거대한 함을 강바닥에 가라앉히고 여기에 압축 공기를 불어 넣어 바닥을 통하여 작업을 할 수 있는 구조로 되어 있었습니다. 다리 건설뿐 아니라 터널이나 항구 건설을 위해 잠함은 더욱더 흔하게 사용되었고, 더 높은 생산성과 돈을 위해 잠함에서의 노동 시간은 점점 늘어났습니다.

그러자 잠함 속의 노동자들에게 구역질이나 근육의 경련, 멀미, 현기증, 발작 등 산소 중독 증세가 발생하였습니다. 잠함 밖으로 나온 노동자들이 피부 간지러움이나 현기증에 시달리고 심지어 정신을 잃고 사망하는 일이 자주 생겼습니다. 이와 같은 증세를 케이슨병(잠함병) 또는 잠수병(Bends)이라고 불렀습니다. 잠수병의 원인은 19세기 프랑스 생리학자인 폴 베르(Paul Bert)가 잠수에 대한 연구를 하여 밝혀졌습니다. 높은 압력에서는 기체의 용해도가 증가하기 때문에 질소가 몸 안에 많이 녹아듭니다. 몸에 녹아 있는 질소는 몸이 급하게 물 위로 올라오게 되면 갑자기 줄어든 압력 때문에 기체로 바뀌게 되죠. 물론 서서히 올라오게 되면 질소가 폐를 통해 배출될 수 있지만, 급하게 올라오게 되면 혈액 속에서 기포가 되어 혈관을 막아 버립니다. 잠수병을 공기 색전증(색전증은 혈관을 막아서 생긴 증세를 말합니다)이라고 부르는 이유가 여기 있는 것입니다.

깊은 물속의 높은 수압이 잠수함이나 지상의 동물들에게는 큰 부담으로 작용합니다. 깊은 바다에 그냥 들어갈 경우 폐에 큰 수압이 가해져서 죽게 됩니다. 세계 최고의 잠수 기록이 153m를 넘지 못한 것도 바로 여기에 있습니다. 물론 스쿠버 장비를 이용하여 폐 안의 압력을 수압과 같이 조절해 주면 더 깊은 곳까지 잠수가 가능합니다. 하지만 이때에도 올라올 때 급하게 올라와서 물 밖으로 나오면 안 됩니다. 또한 대기 중의 공기를 압축하여 사용할 경우 산소나 질소 중독 증세를 일으킬 수 있고 고압 신경증 등의 문제를 발생시킵니다. 따라서 중독 증세를 없애기 위해 200m 이내의 잠수에서는 헬리옥스라고 하는 헬륨과 산소의 혼합 기체를 사용합니다. 또한 200m 이상에서는 삼합가스라는 헬리옥스에 질소를 첨가한 가스를 사용합니다. 헬륨은 질소에 비해 용해도가 작아 혈액 속에 녹아드는 양도 적고 감압의 시간을 줄여 주며 혼수상태를 유발시키지도 않습니다. 하지만 열전도성이 커 잠수부의 체온을 많이 뺏기 때문에 보온을 위해서는 열을 발생시키는 잠수복을 입어야만 합니다. 따라서 아무리 가스를 잘 조절해서 사용한다고 해도 600m 이상 잠수는 쉽지 않습니다.

물속 호흡을 가능하게 하는 액체 호흡술

인간은 물속에서 물고기와 같이 숨을 쉬는 것이 오랜 희망이었습니다. 영화 〈워터월드〉에서 지구가 온통 물에 잠긴 세상에서 귀 뒤에 아가미가 달려 있는 주인공 마리너는 폐와 아가미를 동시에 갖고 있어 수중에서 호흡으로 인한 불편을 겪지 않습니다. 인간이나 물고기나 모두 호흡을 해야 하며 산소를 통해 에너지를 얻는 원리는 동일합니다. 단지 물속이냐 물 밖이냐의 차이밖에 없습니다.

따라서 인간도 폐 조직을 상하게 하지 않고 충분한 양의 산소를 공급할 수 있는 액체라면 그 속에서 숨을 쉴 수 있을 것입니다. 이와 같은 물질로는 산소를 풍부하게 포함한 플루오르화탄소 유탁액(Perfluorocarbon emulsion)이 그 후보가 될 수 있을 것입니다. 이 물질은 중요한 인공 혈액의 후보로 생각되어 일찍부터 연구되어 온 물질이기는 하지만 아직 심해 잠수용으로 사용된 적은 없습니다. 알리안스 제약 회사(Alliance Pharmaceutical Corp)에서 환자 치료용인 리퀴벤트(LiquiVent)라는 제품으로 판매되고 있을 뿐입니다. 이 물질을 통해 충분한 산소가 공급되기 위해서는 높은 농도로 산소가 녹아 있어야 합니다. 영화 〈어비스〉에서와 같이 이렇게 액체 호흡이 가능해진다면 인간은 폐가 찌그러지는 일이 없어 훨씬 더 깊은 곳까지 잠수가 가능해질 것입니다. 그렇다면 자라가 용궁의 뛰어난 기술을 이용해 토끼에게 액체 호흡을 시킨 것일지도 모르겠습니다.

아직까지 액체 호흡에 의한 심해 잠수는 어려울지 모르지만, 심해 잠수의 꿈을 포기하기에는 이릅니다. 캐나다 밴쿠버에 있는 한 회사에서 제작한 신형 잠수복 '하드슈트 2000(Hardsuit 2000)'이 있기 때문입니다[이 잠수복은 해저 2,000ft(약 610m)까지 잠수할 수 있어 하드슈트 2000이라 이름 붙인 것 같습니다]. 마치 우주복같이 생긴 잠수복, 하드슈트 2000은 입을 수 있는 잠수함이라는 표현이 적당할지도 모릅니다. 알루미늄 외피로 되어 있어 딱딱하고, 2.25마력짜리 모터가 두 개 장착되어 있어 무게가 518kg이나 나가기 때문입니다. 딱딱하기는 하지만 관절이 있어 움직일 수 있기 때문에 수중 작업이 가능하다고 합니다. 이 잠수복의 최대 특징은 잠수복 내에 1기압의 공기가 공급되기 때문에 잠수병에 걸릴 염려가 없다는 것입니다. 일반 잠수복의 경우 수압이 잠수부에게 전해지기 때문에 깊은 바닷속 잠수를 위해서는 감압 과정을 거쳐야 하지만 이 잠수복은 그러한 과정이 필요 없는 장점을 지니고 있습니다.

토끼를 구할 수 있는 복제 기술의 탄생

동화를 패러디한 요구르트 광고가 있었습니다. 광고에 따르면 용궁에 도달한 토끼는 세상사에 찌든, 병든 토끼라 용왕님 약으로 사용하는 것은 고사하고 용왕님이 토끼의 간을 걱정하기에 이릅니다. 이후 속편 광고에서는 완쾌한 용왕이 잠수함을 타고 육지로 올라와 많은 인파에 둘러싸여 기자들의 취재 세례를 받기까지 합니다. 이렇게 토끼 간을 대신할 수 있는 어떤 약이 있다면 토끼를 살릴 수 있을까요?

인간은 물론이고 토끼에게도 간은 하나뿐인 소중한 장기입니다. 이러한 간을 빼 달라니까 용궁 관광에 들뜬 토끼로서는 황당할 수밖에 없었을 것입니다. 용왕 입장에서는 토끼의 간을 먹어야 살 수 있으니 어쩔 수 없이 토끼에게 간을 희생해 달라고 합니다. 하지만 용궁의 생명 공학 기술이 뛰어나 복제 동물을 만들 수 있는 기술이 있었다면 이렇게 말했을지도 모릅니다. "토끼야, 너의 체세포를 떼어 다오. 그러면 그것으로 간을 만들어서 용왕님께 드릴 수 있으니 너의 목숨을 구할 수 있을 거야."

인기 댄스 듀오였던 클론의 강원래 씨는 교통사고로 척수가 마비되어 걸어 다닐 수 없게 되었습니다. 만약 배아 줄기세포로 신경세포를 만들어 이식한다면 강원래 씨는 다시 걸어 다닐 수 있을 것입니다. 환자의 체세포로 줄기세포를 만들고, 이 세포를 환자에게 필요한 세포로 분화시켜 이식하게 되면 새 삶을 열어 줄 수 있습니다. 물론 이 기술에 긍정적인 측면만 있는 것은 아닙니다. 종교 단체와 인권 단체에서 가장 우려하는 것은 배아 줄기세포를 계속 배양할 경우 복제 인간이 탄생할 수 있다는 것입니다. 배아 줄기세포 연구에 찬성하는 사람들도 복제 인간 연구에는 반대하는 사람들이 많습니다. 어쩌면 복제 인간 연구에 찬성하는 과학자들이 프랑켄슈타인 박사처럼 생각될 수도 있겠지만 그것은 잘못된 생각입니다. 복제 인간에 대해서는 그레고리 E. 펜스의 《누가 인간 복제를 두려워하는가》를 한번 읽어 보세요. 복제 찬성 과학자들은 복제 인간을 연구한다고 해서 인간의 존엄성이 침해받는 일은 없으며 오히려 고통받는 많은 사람들에게 행복을 줄 수 있다고 주장합니다.

줄기세포는 배아 줄기세포와 성체 줄기세포로 나눌 수 있습니다. 배아 줄기세포는 불임 치료에 사용되고 남은 배아에서 얻을 수 있고, 성체 줄기세포는 제대혈이나 골수와 같은 조직에서 얻을 수 있습니다. 배아 줄기세포의 경우 자라서 생명체, 곧 인간이 될 수 있다는 의미에서 윤리적으로 반대가 많습니다. 인간을 실험 대상으로 할 수는 없으니까요. 또한 부모의 동의를 얻어야 하는 등 연구를 위해 배아를 구하기 쉽지 않습니다. 성체 줄기세포의 경우 모든 조직으로 분화될 수 있는 배아 세포에 비해 분화 능력이 떨어진다는 단점이 있습니다. 난관을 극복하고 줄기세포를 얻었다고 하더라도 이러한 줄기세포는 환자의 것이 아니기 때문에 환자의 몸에 이식했을 때 거부 반응이 생길 수 있습니다. 우리 몸은 자기 몸의 세포가 아니면 공격하도록 되어 있습니다. 이를 항원 항체 반응이라고 합니다. 비록 세포 이식으로써 치료를 위해 한 것이라 하더라도 몸의 세포들이 그것을 알 리가 없겠지요?

배아 줄기세포는 수정 후 14일 이내에 배아에서 떼어 낸 세포로 신체의 어떤 조직이라도 될 수 있기 때문에 '만능 세포'라고도 합니다. 인간의 모든 세포에는 같은 유전자들이 들어 있지만 일단 어떤 조직의 세포가 되어 버리고 나면 그 세포는 다른 조직의 세포가 될 수 있는 능력을 상실하게 됩니다(이를 분화되었다고 표현합니다). 줄기세포는 특정 조직으로 분화하지 않았기 때문에 자극에 따라 어떤 조직이라도 될 수 있습니다. 만약 환자가 심장이 좋지 않다면 줄기세포에 자극을 주어 심장이 되게 할 수 있다는 것입니다. 아직은 어떻게 해야 줄기세포가 원하는 조직으로 분화될 수 있는지 알 수 없지만, 과학자들은 연구가 진행되면 이것도 머지않은 미래에 가능할 것으로 생각하고 있습니다.

줄기세포를 이용한 치료는 이제 시작이라 할 수 있습니다. 겨우 치료를 위한 줄기세포를 얻을 수 있는 기술만 확보했기 때문입니다. 아직까지 줄기세포를 원하는 조직으로 분화시킬 수 있는 기술이 없으며, 복제 성공률도 낮다는 등 해결해야 할 문제가 많습니다. 물론 이보다 더 시급한 문제는 줄기세포를 이용한 기술에 대한 국민들의 합의가 이루어져야 한다는 것입니다. 한쪽에서는 반대를 하고 있는데 연구가 쉽게 진행될 수는 없을 테니까요.

이제 다시 《별주부전》으로 돌아와서 문제를 살펴볼까요? 우선 줄기세포를 마음대로 이용할 수 있는 기술을 용궁의 과학자들이 가지고 있다면 용왕님의 병든 조직을 새로운 조직으로 대체할 수 있을 것입니다. 그렇게 되었다면 토끼를 잡으러 가는 수고를 할 필요도 없었을 것입니다. 굳이 토끼의 간을 먹어야 하는 상황이라면 토끼 간을 배양하는 방법을 사용할 수도 있을 것입니다.

작가 소개

최원석

경북 경산의 한 중학교에서 과학을 가르치면서 일반인들이 쉽게 접할 수 있는 과학 이야기를 풀어내고 있는 작가입니다. 대구대학교 물리교육학과를 졸업하고 동 대학원에서 물리교육으로 석사 학위를 받았습니다. EBS 과학 자문위원으로 대한민국 과학축전에서 '영화 속 과학'을 주제로 강연을 했으며, 〈한겨레〉 〈중앙일보〉 〈과학동아〉 등에 글을 기고하는 등 과학 대중화를 위해 활발한 저술 활동을 펼치고 있습니다. 지은 책으로는《영화 속에 과학이 쏙쏙!!》《스타크래프트 속에 과학이 쏙쏙!!》《영화로 새로 쓴 지구과학 교과서》《십 대를 위한 영화 속 과학 인문학 여행》 등이 있습니다.

〈하리하라의 과학 24시〉

우리 몸은 단맛을 사랑해!

이은희

17시 34분 편의점에서 배를 채우다

터덜터덜 학원으로 가는 훈이. 서연이한테 정신 나간 놈으로 찍힌 데다 여기저기 아프기까지 해서 기분이 꿀꿀했다. 아침에 엉덩방아를 찧은 부분도 다시 욱신거리는 것 같았다. 안 그래도 가기 싫은 학원에 오늘은 정말 눈길도 주고 싶지 않았다. 하지만 학원을 빠졌다가는 엄마 아빠의 2단 잔소리가 떨어질 것이다. 잔소리쯤이야 흘려들으면 그만이지만 휴대폰을 압수당할까 봐 겁이 났다.

그래도 이런 기분으로 학원에 가기는 싫었다. 생각 끝에 훈이는 작은 반항을 하기로 결심했다. 이미 지각인 첫 번째 수업은 제치고 두 번째 수업부터 들어가기로 말이다.

"아, 배고파. 뭐 좀 먹어야겠다."

학원 근처 편의점에 들어가자 같은 학원에 다니는 동현이가 컵라면을 먹고 있었다.

"이 녀석, 학원 안 가고 배 속부터 채우는 거냐?"

"자기도 똑같은 주제에!"

훈이와 동현이는 키득거리며 컵라면을 후딱 해치웠다. 그것으로도 부족해서 훈이는 초코바를, 동현이는 치킨을 입에 물었다.

"훈이 너 아무리 자라나는 청소년이라지만 너무 먹는다. 초콜릿 복근이 유행한다니까 위장을 초콜릿으로 코팅할 생각이야?"

"그러는 넌 요즘 얼굴이 호빵맨 된 거 모르냐?"

동현이가 장난으로 훈이의 목을 조르는 시늉을 했다. 훈이는 동현이의 손을 피해 편의점 밖으로 도망쳤다.

학원으로 가는 길에 동현이가 말했다.

"사실 나 요즘 살이 좀 찌긴 했어. 하지만 몸짱이 되려면 맛없는 것만 먹어야 한단 말이야. 왜 살찌는 음식은 맛이 좋고, 몸에 좋다는 음식은 맛이 없을까?"

"난들 알겠냐……."

훈이는 대답을 흐리며 남은 초콜릿을 꿀꺽 삼켰다.

하리하라가 본 훈이의 과학적 하루

우리 몸의 욕심꾸러기, 지방 세포

훈이가 달콤한 음식의 덫에 걸렸군요. 훈이의 친구 동현이의 물음은 누구나 한 번쯤 생각해 보았을 겁니다. 여러분도 어떤 음식

을 '맛있다'라고 생각하는지 떠올려 보세요. 달콤한 초콜릿 크림으로 덮인 촉촉한 케이크, 입안에서 살살 녹는 부드러운 꽃등심, 방금 튀겨 바삭바삭한 치킨, 치즈가 듬뿍 올려진 쫄깃한 피자…… 상상만해도 입가에 침이 고이지 않나요?

입맛은 사람마다 다르지만 대부분은 달고 기름진 음식, 그러니까 탄수화물의 일종인 당분과 지방이 듬뿍 든 음식을 맛있다고 느낍니다. 그런데 이렇게 사람들이 좋아하는 음식들은 칼로리가 높아서 비만과 성인병의 원인이 되지요.

이것은 인간에게 비극에 가까운 아이러니입니다. 칼로리가 높은 음식들이 맛이 없으면 아무런 문제가 없을 텐데 말입니다. 왜 이런 아이러니가 생기는 걸까요? 결론부터 말하자면, 인간의 생물학적 특성은 그대로인데 인간을 둘러싼 환경이 변했기 때문입니다.

여기서 우리는 음식을 좋다, 나쁘다로 나누는 기준에 대해 다시 생각해 볼 필요가 있습니다.

진화의 결과로 단맛을 찾게 되다

당분과 지방이 많이 함유된 음식이 무조건 나쁜 음식은 아닙니다. 아니, 어찌 보면 더없이 좋은 음식입니다. 당분과 지방은 생명체가 살아가는 데 꼭 필요한 열량을 내는 영양소이기 때문입니다.

자동차에는 반드시 휘발유가 필요하고 휴대폰은 전용 배터리로만 작동하듯이 인간은 탄수화물, 지방, 단백질 이렇게 세 가지 영양소에서만 열량을 얻을 수 있습니다. 탄수화물과 단백질을 섭취하면 각각 1그램당 4킬로칼로리의 열량을, 지방은 1그램당 9킬로칼로리의 열량을 얻을 수 있지요.

나이, 성별, 체구에 따라 약간씩 다르지만 보통 성인은 하루에 1600~2000킬로칼로리의 열량이 필요합니다. 탄수화물이나 단백질의 경우 하루에 450그램 정도, 지방의 경우 200그램 정도를 섭취해야 한다는 계산이 나옵니다.

이 정도라면 얼마든지 쉽게 구할 수 있을 것 같다고요? 수만 년 전 원시인이 되어 자연 속에서 산다고 생각해 보세요. 인간은 하이에나나 독수리처럼 썩은 고기를 먹고 살아갈 수도 없고, 식물은 기껏해야 열매나 뿌리의 일부밖에 먹을 수 없습니다. 식물의 열매나 뿌리에는 탄수화물의 일종인 녹말과 당분이 들어 있어 소화를 시킬 수 있지만, 줄기나 잎은 섬유질로 이루어져 있어 먹어도 소화시킬 수가 없거든요. 다행히 동물의 고기는 대부분 소화시킬 수 있지만 동물들은 대개 인간보다 덩치가 크거나 빠른 속도로 움직이기 때문에 잡기가 쉽지 않습니다.

운 좋게 나무 열매나 고기를 구했다고 해도 거기서 얻을 수 있는 열량은 미미했습니다. 사과를 예로 들어 볼까요? 사과는 86퍼센트가 수분이고 12퍼센트가 당분입니다. 즉 200그램짜리 사과 한 알을 먹었을 때 섭취하는 당분은 24그램, 여기서 얻을 수 있는 열량은 96킬로칼로리밖에 안 됩니다. 하루에 필요한 열량을 사과로만 채우면 하루에 사과를 스무 개는 먹어야 합니다. 그런데 그만큼 많은 사과는 먹기도 힘들뿐더러 구하기도 어려웠습니다. 사과만 계속 먹다 보면 영양 불균형이 올 수도 있었고요.

이렇게 오랫동안 열량이 부족한 환경에서 살아온 인류는 열량이 많은 음식을 좋아하는 신체 구조로 진화했습니다. 기름지고 달콤한 음식을 먹으면 뇌에서 도파민이나 내인성 오피오이드 같은 호르몬이 분비되는데, 이 호르몬들은 뇌의 쾌락 중추를 자극해 행복감을 느끼게 만듭니다. 우울할 때 맛있는 음식을 먹으면 기분이 나아지는 것은 그래서입니다.

인체가 열량을 좋아하고 저장하는 방식으로 진화하면서 지방 세포도 특별한 성질을 갖게 되었습니다. 보통 세포들은 일정 크기 이상으로 자라나지 않는 반면, 지방 세포는 원래 크기의 200배까지도 커질 수 있습니다. 어떻게든 지방을 가득 저장해 두려는 비장한 의도가 엿보이죠. 게다가 지방 세포는 욕심이 많아서 한번 저장된 지방은 여간해서 내놓지 않습니다. 실제로 우리가 몸을 움직이면 혈액 속의 혈당이 가장 먼저 소비되고 그다음에는 간에 저장된 글리코겐, 그리고 지방은 가장 나중에 사용됩니다. 그런데 우리 몸은 대개 혈당만 떨어져도 배고프다는 신호를 마구 보내 음식을 먹게 만들기 때문에 지방이 쓰이는 경우는 별로 없습니다.

이런 지방 세포의 성질은 과거에는 인간의 생존에 매우 중요한 역할을 했습니다. 먹을 것이 풍부한 여름과 가을에 가능한 한 많이 먹고 지방을 저장해 두어야 식량이 부족한 겨울을 버틸 수 있었으니까요. 요즘에는 먹어도 먹어도 살찌지 않는 사람들을 복 받은 체질이라고 하지만 과거에는 이런 사람들이야말로 저주받은 체질이었을 것입니다. 아무리 먹어도 지방이 저장되지 않아 시시때때로 닥치는 기근을 넘기기 힘들었을 테니까요. 그런데 최근 들어 세상이 너무 많이 변했지요. 달고 기름진 음식들이 넘쳐 나기 시작한 것입니다.

우리 몸과 새로운 시대의 충돌

우리 할머니, 할아버지 때만 해도 먹을 것이라고는 도정이 덜 된 곡물로 지은 거친 밥과 향긋하지만 열량은 낮은 나물이 대부분이었습니다. 그러던 것이 이제는 탄수화물 덩어리인 정제된 곡물에 설탕을 잔뜩 넣어 반죽해 기름에 튀긴 도넛, 설탕과 유지방이 듬뿍 든 아이스크림, 너무 달아서 혀가 마비되어 버릴 것 같은 초콜릿 케이크가 사람들의 입맛을 사로잡았습니다.

그런데 이런 고칼로리 음식을 자꾸 먹으면 열량이 몸에 쌓여 문제가 됩니다. 우리 몸이 남는 열량을 미련 없이 버리는 쿨한 성격이라면 걱정할 필요가 없을 것입니다. 하지만 오랫동안 열량이 부족한 환경에서 살아온 우리 몸은 감히 그럴 생각을 하지 못합니다. 쓰고 남은 열량을 지방으로 바꾸어 지방 세포에 착착 저장하지요.

먹을거리가 부족하던 옛날에는 통통한 몸을 아름답다고 여겼습니다. 하지만 시대가 변해 열량을 쉽게 섭취할 수 있게 되자 아름다운 몸에 대한 기준이 바뀌었습니다. 우리는 통통한 몸보다 날씬한 몸을 아름답게 여깁니다. 과거에는 없어서 못 먹었기에 선망의 대상이 되었던 고열량 식품들도 비만과 성인병의 주범으로 기피당하는 신세가 되었습니다. 이것은 모두 세상의 빠른 변화에 우리 몸이 적응하지 못해 벌어지는 일입니다. 그 변화를 되돌릴 수 없다면 이제는 우리의 식습관과 생활 습관을 바꾸어야 하지 않을까요?

작가 소개

이은희

교양으로써 꼭 알아야 할 현대 과학의 성과들을 쉽게 설명해 주고, 과학 지식이 지닌 이면을 날카롭게 들추어내는 등 과학의 대중화에 앞장서는 생물학자입니다. 연세대학교 생물학과에서 공부하고 동 대학원에서 신경생물학을 전공했습니다. 이후 고려대학교 과학기술학협동과정에서 박사 과정을 수료했어요. '하리하라'라는 이름으로 다양한 매체와 인터넷 카페 등에서 칼럼니스트로 활동하고 있습니다. 하리하라라는 필명의 뜻은 인도 신화에서 빛, 시작, 창조의 신 비쉬누와 어둠, 끝, 파괴의 신 시바가 합쳐진 형태를 의미합니다.

2003년에는 한국과학기술도서상(과기부장관상)을 받은 바 있으며, 프레시안에서 〈하리하라의 육아 일기〉를 연재해 여성의 몸에 대한 경험적 지식과 생물학적 지식을 결합시켜 큰 인기를 끌었습니다. 저서로는 《하리하라의 생물학 카페》《과학 읽어주는 여자》《하리하라의 과학 블로그》《하리하라의 과학고전 카페》《하리하라의 바이오 사이언스》《하리하라, 미드에서 과학을 보다》《하리하라의 몸 이야기》 등이 있으며, 2013년에는 라면을 주제로 쓴 글 모음집인 《라면이 없었더라면》에 글을 수록하기도 했습니다.

작품 출처 & 수록 교과서 목록

수필 제목	작가	출처 도서	수록 교과서
관계는 첫인상부터 시작된다	이철우	관계의 심리학 _경향미디어	비상교육
'너는……' 대신에 '나는……' 으로 말 트기	정채봉	단 하나뿐인 당신에게 _샘터	금성출판사
괜찮아	장영희	살아온 기적, 살아갈 기적 _샘터	동아출판
사막을 같이 가는 벗	양귀자	삶의 묘약 _샘터	천재교육(노)
생명의 그물을 함부로 끊지 말아요	최재천	생명, 알면 사랑하게 되지요 _지형	지학사
고래들의 따뜻한 동료애 : 다친 동료 돌보는 고래	최재천	생명이 있는 것은 다 아름답다 _효형출판	천재교육(노)
어느 날 자전거가 내 삶 속으로 들어왔다	성석제	성석제의 농담하는 카메라 _문학동네	동아출판
선물	성석제	성석제의 농담하는 카메라 _문학동네	금성출판사
네모난 수박	정호승	정호승의 위안 _열림원	금성출판사
1월 20일	김초혜	행복이 _시공미디어	지학사
철도와 시간: 시간은 어떻게 인간을 지배하게 됐을까?	안광복	지리 시간에 철학하기 _웅진주니어	창비
은행 문은 왜 안쪽으로만 열리는 걸까? : 문의 행동 과학	이재인	건축 속 재미있는 과학 이야기 _시공사	지학사
알렉산더 대왕의 살인자, 모기?	김정훈	맛있고 간편한 과학 도시락 _은행나무	동아출판

수필 제목	작가	출처 도서	수록 교과서
왜 그때 소나기가 내렸을까? : 소나기	조지욱	문학 속의 지리 이야기 _사계절	동아출판
조상의 슬기가 낳은 석빙고의 비밀	이광표	손 안의 박물관 _효형출판	천재교육(박)
더위가 알려 준 진짜 충격	김산하	김산하의 야생 학교 _갈라파고스	비상교육
그리움의 상징, 동백나무	유기억	솟은 땅 너른 땅의 푸나무 _지성사	창비
워홀의 생각 : 만화와 포장지도 예술이 되지	전성수	창의력이 빵! 터지는 즐거운 미술 감상 _토토북	천재교육(노)
목소리	김윤경	채식주의자라는 이름으로 _작은숲	천재교육(박)
남극과 북극, 어떤 점에서 다를까?	고현덕 외	살아 있는 과학 교과서 1 _휴머니스트	미래엔
공정 여행	김희경 외	모두를 위한 환경 개념 사전 _한울림	천재교육(노)
군사들에게 종이옷을 보낸 인조	조희진	조선 시대 옷장을 열다 _스콜라	천재교육(노)
살아 돌아온 토끼의 생존 비법을 공개합니다	최원석	세계 명작 속에 숨어 있는 과학 2 _살림FRIENDS	금성출판사
우리 몸은 단맛을 사랑해!	이은희	하리하라의 과학 24시 _비룡소	미래엔

추천의 말

책을 읽는 사람이 세상을 지배한다는 말이 있습니다.

그렇습니다. 우리 청소년들은 미래의 주역들이고, 책 속에는 청소년들이 가야 할 모든 길이 있습니다. 어려서부터 기른 좋은 책을 읽는 습관은 우리 청소년들의 앞길을 밝혀 줄 것입니다.

또한, 독서를 통해 새롭게 생각할 줄 아는 창의력, 일반적인 것을 뒤집어 보고 따져 보고 파헤쳐 보는 비판력, 다양한 방법으로 문제를 해결하는 능력 등을 기를 수 있습니다.

그러므로 독서는 4차 산업 세대에 더욱 필요한 것이며, 이는 곧 평생학습 방법이라고 할 수 있습니다.

수필은 일정한 형식을 따르지 않고 인생이나 자연 또는 일상생활에서의 느낌이나 체험을 생각나는 대로 쓴 산문 형식의 글이지요. 개인적인 서정이나 사색과 성찰을 산문으로 표현한 문학으로, 자연과 인생을 관조하여 그 형상과 존재의 의미를 밝히기도 하고, 날카로운 지성으로 새로운 양상과 지향성을 명쾌하게 제시하여 문학 갈래 중에서도 독특한 성질을 지녔다고 할 수 있습니다. 또한 작가의 개성이나 인간성이 두드러지게 나타나며 익살스러움과 재치, 기지 등이 들어가 있지요.

지성의 섬광이 번득이는 글은 청소년들의 심경에 부딪치기도 하고 사색의 반려가 되기도 하여 입가에 미소를 띠게 하고, 심오한 명상에 빠지게도 할 것입니다.

우리가 만들어 나갈 '더 좋은 세상'은 변화된 모습을 보여 주어야만 달라질 것입니다.

변화되는 과정은 끊임없는 독서와 토론의 세계에서 출발하여야 합니다.

그러므로 삶을 풍요롭게 하고 정신세계를 보다 새롭게 이끌어 줄 책으로 《국어 교과서 여행: 나 그리고 우리》를 청소년들에게 좋은 책으로 추천합니다. 감사합니다.

좋은책선정위원회

스푼북 청소년 문학

국어 교과서 여행

나, 그리고 우리

초판 1쇄 발행 2023년 06월 01일
초판 2쇄 발행 2024년 06월 03일

엮음 좋은책선정위원회
발행처 주식회사 스푼북 **발행인** 박상희 **총괄** 김남원
편집 길유진 김선영 박선정 김선혜 권새미
디자인 권수아 정진희 **마케팅** 구혜지 박미소
출판신고 2016년 11월 15일 제2017-000267호
주소 (03993) 서울시 마포구 월드컵북로6길 88-7 ky21빌딩 2층
전화 02-6357-0050(편집) 02-6357-0051(마케팅)
팩스 02-6357-0052 **전자우편** book@spoonbook.co.kr

ISBN 979-11-6581-448-9 (43810)